U0037319

森林裡的特別教室

作者 C. W. 尼可（C.W. Nicol）

譯者 許晴舒

插畫 郭雅玲

出版序

如萬籟俱寂中的一聲宏亮虎嘯

「世界自然基金會」在二〇〇六年所提出的，世界生態系雙年報當中，明確地指出：地球將在二〇五〇年時，面臨生態大崩解。在資源大量耗盡、物種快速消失、廢氣危害加劇的浩劫之下，人類將面臨空前的危機。

五十年之後的地球將會是什麼模樣？現在的我們無法臆測，但美麗的地球正在快速的被人類凌虐、低聲哀嚎，卻是不爭的事實。環境保護的重要性，已經是跨國際、跨領域、跨種族、跨生態的問題了，但居住在台灣這塊島嶼上的我們，環保議題卻永遠是最不受重視的弱勢題材。在國會殿堂中，鮮少聽見有議員為我們的生態環境振振發聲；在報章媒體中，很少看見深入、有見地的生態環境報導；在出版界，環保書籍更是少得可憐，成了冷門中的冷門書。我不禁要問：為什麼？是我們不關心自己生活的環境與土地，還是一貫地用鴕鳥心態，來面對這種嚴肅、枯燥、乏味的主題，心裡總是想著：反正事不關己。

然而，五十年很快就會來臨，到時候我們該如何自處？那絕對不會單單只是政府該做的事、學校該做的事、環保專家該做的事，而是你、我面臨生死存亡必須面對、該想、該做的事。

每天早上醒來，我總會站在陽台上，望著對面公園裡滿眼的綠意，欣賞著正在做早操的老人家們，聽著小鳥啁啾的輕快叫聲，簡單而美麗的秩序，隨著從葉縫中灑落的金色陽光，奏起壯麗的交響曲，展開我忙碌的一天。這個小小的美麗公園，即將隨著捷運的開挖而改變風貌，捷運局的工作人員冷靜地告訴我，這整片綠樹將會被盡數砍掉，因為捷運的通風口將設置在此。

再過不久，當我起床時，將會看見一座碩大、奇醜無比的通風設備，矗立在我的眼前，小鳥不會再站在枝頭啁啾鳴叫；老人家將失去一大片可以散步運動的空間；孩子們的遊樂設施也將因此所剩無幾，冰冷的水泥地將取代美麗的草地，成為這座公園中最突兀的標的。

還記得剛剛搬進這個社區時，常常帶著孩子在公園裡追著小小的綠色蚱蜢玩耍，觀察著剛剛破土、伸出頭來的小小嫩芽與花苞，飛過頭頂的繽紛彩蝶，總是令孩子呼聲不斷、充滿驚喜。春天時，微風拂過那紅撲撲的小臉頰，總讓我心滿意足，打從心底感激這座小小的社區公園，能讓我的孩子如此健康、快樂的成長。當時，公園的樹都還很小，現在已經高聳茂密、綠意盎然，但不久之後，一切景象都將不同，隨這季節更迭，落花繽紛的美麗景色，將不復得見。

是人類自己的智慧不夠，才讓我們的生活品質沉落了，生命的寬度、向度窄化了，該是大家好好思索環境問題的時刻了，於是，我們規畫了「環保文學」系列叢書。在這個書系當中，我們將和讀者分享各種樂活態度、慢活體驗與健康生活，讓大地的感覺更靠近我們一點，讓生命的律動更動人一點，讓生活的步調更柔緩一點，讓環境的關懷更多一點。

年初，國際環保專家C. W. 尼可先生到訪台灣，他告訴我，如果環保書無法成為暢銷書，那真的是一件大罪過，因為，我們得砍掉多少樹木，才能將正確的環保理念深植在讀者心中，化成具體的行動。因此，談健康、說環保的方式都不能再是陳腔濫調、說教述理，它必須鮮活有趣、鞭辟入裡。「環保文學」中的書籍，可能是散文，可能是小說，也可能是報導，但我們都希望這些擲地有聲，如萬籟俱寂中一聲宏亮虎嘯的「環保文學」叢書，能和您一起攜手為我們的土地、環境、健康、生活而努力。

九韵文化總編輯　許汝紘

目次

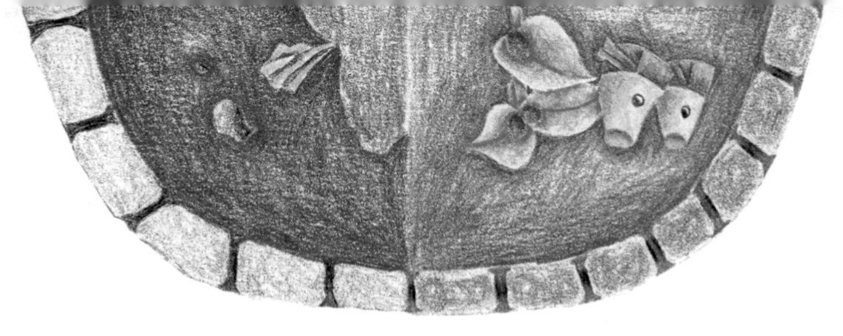

目次

1 相遇

狗兒們突然狂吠了起來。老人出聲制止，叫牠們安靜，但那兩隻狗仍叫個不停。捷克羅素小獵犬波西跑來老人腳邊，催促般地咬著他的褲腳。老人把眼鏡摘下，與看了一半的信一同放在桌子上，然後打開後門把兩隻狗放出屋外。「哼，你們就去跟熊做伴吧，我不會替你們擔心的。」老人假裝生氣地說。兩隻狗飛奔到森林裡尋找獵物，但不一會兒又衝了回來，似乎要老人也一起跟去。老人仰望著天空。天空烏雲密佈看起來馬上要下雨了，遠方的山頂雷聲轟隆轟隆作響。「等等，我去拿雨傘來」

老人說完，狗兒們便在後門旁坐下，不過牠們的表情好像在說「快點、快點」。波西發出既短又尖銳的吠聲像是在催促著他；英國和德國牧羊犬混血的多布也一臉不耐煩。老人披上外衣，回到後門。他戴上帽子，手上拿著慣用的黑色蝙蝠傘。雷聲比剛才更震耳欲聾，雨終究還是下了，雨勢大得把屋頂及屋旁大樹的樹葉敲打得叮咚作響。

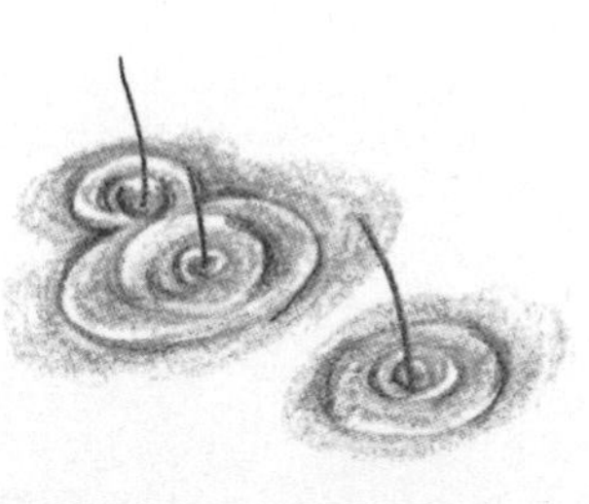

「就讓你們帶路吧。開始遠征之旅，出發！」老人溫柔地對兩隻狗說道。

就在那瞬間，四周發出大聲響，藍色的光越過頭頂，天空裂成兩半，裂縫中瀉出瀑布般的大雨。但兩隻狗並不像往常一樣逃回屋內，反而一邊狂吠、一邊沿著碎石子小路往森林裡奔去。老人把傘打開，把蘇格蘭呢絨帽緊緊戴正，跟在狗兒們後面。

佑介很怕打雷，這都是小時候聽爺爺講的故事所造成的。「雷公會從天上下來，把你的肚臍吃掉的喔。」爺爺就是這樣恐嚇佑介。

佑介騎著腳踏車正要回家的當口，開始雷聲大作，如藍白色箭矢的光射中離自己不遠的地方。

「哇！」

佑介被嚇得失去平衡，腳踏車的前輪陷進水溝中，他的身體朝正前方彈出去，補蟲網和車籃飛到空中。他的鼻子狠狠地撞到地面，擦傷了一邊的膝蓋。佑介抱著疼痛的膝蓋蹲在路旁，拚命忍著不哭。大雨之中，雷聲又像大砲般響起，山中迴盪著轟隆隆、轟隆隆的聲響。

但就在這個時候，兩隻狗朝佑介飛奔而來，讓他根本就無暇害怕雷聲。其中一隻狗黑白毛皮，在佑介的眼中看來，就像馬那麼大；另一隻狗是茶白色的，雖然體型較小，但看起來敏捷且兇暴。佑介顫抖著站起身，試圖把腳踏車從溝中拉出來。

「哇！好可怕！不要靠近我！不要靠近我！我好怕！」

「波西、多布，過來！給我安靜一點，沒看到那孩子被你們嚇到了嗎，來，回來！」

一個高大的男人，手中拿著彷彿是巨大的蝙蝠翅膀雨傘快速地朝自己走來。那個男人喊出聽起來是外國話後，兩隻狗立即停止吠叫回頭了。佑介雖然想忍住不哭，但落在鼻子及臉頰上的雨水，還是滲著鹹鹹的味道。

那個男人來到佑介的身旁，溫柔地挽起他的臂膀將他扶起。

「你有沒有受傷？不用怕這兩隻狗，牠們只是愛亂叫而已。看到你跌倒牠們也嚇了一跳。咦，你受傷了。走得動嗎？」

佑介張大了眼、咬緊牙根點點頭。他抬起頭來看著那個男人，蒼白的鬍鬚和凝視著自己的藍眼睛，從看似舶來品的帽子中露出灰白的頭髮，那稍稍泛紅的臉龐刻劃著不少歲月的印記。

「好大的雨啊。你整個人都濕透了。我家離這裡很近，你跟我一起來吧，我再幫忙包紮你的膝蓋。」

佑介想，這個高大的外國人好像在講日語的樣子。但事實上那「不像在講日

語」，卻又是道地的日語。

那人自水溝中抬出腳踏車，撿起捕蟲網，交到佑介手裡。然後一手撐著傘，另一手牽著腳踏車往前行。

佑介迷惘著該怎麼辦才好。因為他知道不應該跟著不認識的人走。但這個時候，雷聲又大作了，強風豪雨迎面打來。他好冷、全身都濕透了，又受了傷，而且害怕得不得了。跟這些相比，這個男人的聲音很溫柔，那兩隻狗也好像不如自己想像般兇暴。「你是小林輝明的孫子吧？你爺爺跟我很熟，所以你不用擔心。快過來，到我家再幫你打電話回家。」

佑介一拐一拐地跟著這個老人走。他會跟著老人走，最大的理由或許是不想讓自己重要的腳踏車被帶走吧。就這樣穿過森林的碎石路，眼前佇立著一間很大的木造房屋。老人把腳踏車立在後門旁，對佑介招了招手，好像在說「進來啊」。老人把還滴著水的傘收起，脫掉雨鞋及帽子，從屋裡拿出鬆軟的藍色大毛巾回到門口。

「進屋裡來吧。用這個擦乾身體。」

佑介接下了毛巾，擦拭濕漉漉的頭髮及臉頰，然後脫掉完全泡水的球鞋，跟著老人後面進到寬敞的廚房。佑介在椅子上坐定，老人抱著印有紅色十字的箱子回到他身旁。剛開始先用濕紙巾把膝蓋的傷口擦乾淨，然後拿出消毒藥水的瓶子說道。

「會有點痛，你稍微忍耐一下。」

「好痛。」佑介大叫。

老人幫他把紗布貼在他擦破的膝蓋上。

「已經好了。」

佑介的爺爺奶奶不會把養的狗放進家裡來，但這個家的兩隻狗，卻大大方方地睡在廚房寬敞的木頭地板上。老人另外拿了一條舊毛巾，一股腦地跪下來替狗兒們仔細地擦腳，好像在照顧小孩子一樣。然後很迅速地幫兩隻狗擦乾身體，最後拍了牠們的頭兩下。

廚房裡有木製的櫃檯、大型黑色燒木材的暖爐，櫃台上有瓦斯爐，另外有流理台及放置碗櫥的料理空間。老人走進檯內，把水壺架在瓦斯爐上燒開水。「從前，英國海軍在暴風雨來的時候一定喝熱可可。你喜不喜歡熱可可？」

佑介稍微點點頭，眼光追著老人的一舉一動。那長長的身軀忙碌地活動著。老人拿出可可粉罐及牛奶、糖罐，還拿出撒上香脆巧克力脆片的牛奶餅乾。

「來，吃餅乾。巧克力對腦袋很好喔。熱可可再一下就好了。啊，抱歉忘了自我介紹。我叫摩根，這裡是我的家，你叫什麼名字？」

「我叫小林佑介。」

摩根先生低下頭，以對著一個成年人的禮儀向佑介握手。

「請多指教，佑介。你今年幾歲？」

「十歲。」

「十歲嗎？真好。我已經八十歲了。這個是多布，多布才八歲，他吃太多了所以才這麼肥，所以我叫他『多布』。多布在英文裡是『水桶』的意思。這隻囉唆的小鬼是隻母狗，叫『波西』，她十一歲，所以算是你的姐姐囉。因為她很愛裝腔作勢，所以叫她『波西』（日文老大的諧音）。雖然這個家的老大是我

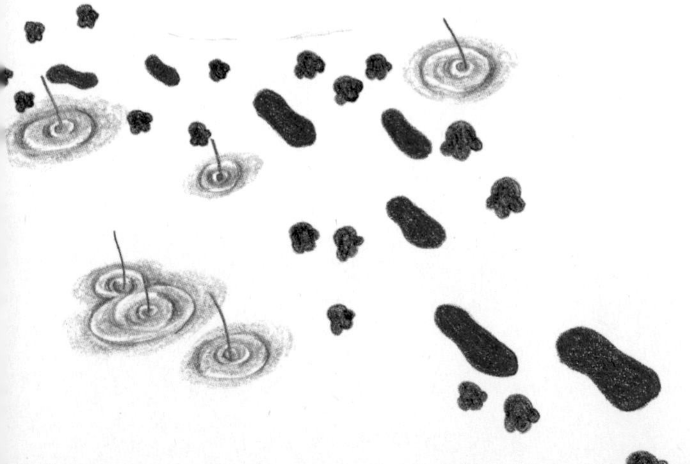

啦，不過她才不管那個呢。」

摩根先生把兩個冒著白煙的杯子端到大桌子這裡來。他全白的頭髮亂成一團，不過鬍子倒是整理得很服貼。他穿著領口縫補過的藍色襯衫，鬆垮垮的燈芯絨褲。兩人正啜飲著熱可可時，雨勢也漸漸變小了。那隻小體型的狗又在後門口狂吠起來。

「又怎麼啦？」摩根先生碎碎唸了一下，把狗兒放出屋外。

但五分鐘後，看到狗回來了，摩根先生的聲音又變得溫柔。「很好，波西，真是乖小孩。看妳找到了什麼。」

小狗嘴裡啣著小小的藍色塑膠補蟲籃，那是佑介剛才掉在路上忘記撿起來的東西。籃子裡有一隻深黑的大甲蟲。摩根先生瞧了瞧籃子內說道：「啊，好漂亮的甲蟲，是你的吧。」

「對，謝謝。」

波西跑到佑介面前一咕碌地坐下，提起一隻前腳，她的尾巴在地板上搖擺得像是快樂地舞蹈著。「她是要跟你握手。」

佑介伸出手握了握波西的前腳。摩根先生翻了翻老舊的電話簿，尋找佑介爺爺家的電話號碼。那本簿子裡寫滿了電話號碼，但裡面朋友們的電話幾乎早就因為搬家而不通、或是已經去世。

趁摩根先生打給爺爺的時候，佑介睜大了眼環顧客廳四周。架上及屋內角落放的鳥類木雕跟真的鳥一樣，像是現在就要振翅高飛似的。

牆壁上掛著幾張日式西式交雜的舊版畫。庭園很整齊，看得到對面森林的窗邊上，排列著漂亮的石頭藝品。一尊海馬形狀的雕刻小歸小，竟鑲著真的海馬牙齒；還有翅膀劃出圓弧形的老鷹及敲著扁平太鼓、單腳站立跳舞，穿著吹管樂團服飾的男性人偶。另外還有幾個花盆，裡面有帶著淺藍的美麗白蘭花。那旁邊放著望遠鏡、筆記本及鉛筆。

廚房也跟一般的廚房不太一樣。架子上掛著幾個亮晶晶的銅鍋、乾燥香草及裝著香辛料的玻璃瓶，排著好幾列。天花板上則垂掛著和蒜頭及辣椒串在一起、他從未看過的，既肥又醜的香腸。鐵製燒木材的暖爐上，放著一個超大的鐵鍋。

看著這景象的佑介想起之前看過的電影：巫婆就是用和這個一模一樣的大鍋子，一邊攪拌可疑的材料，一邊製造魔法藥。

「小林先生？我是約翰．摩根。好久不見，你好嗎？剛才因為雨下得很大，我把你們家的佑介帶回家裡來了。等雨停之後我會送他回家，不用擔心。不會、不會，沒有什麼。他很乖！」

這邊佑介家的爺爺一臉驚訝地掛上話筒。

「不得了！沒想到佑介現在正在那個摩根老師家，在他家避雨的樣子。」

「喔，老師的身體好嗎？」奶奶問道。「是不是要帶什麼謝禮去接他呢？」

「嗯，也是。老師從以前就很愛吃妳做的辣醃蘿蔔乾，妳就準備一下吧。我現在就去把車開出來。」

二十年前摩根先生和佑介的爺爺是常常一起爬山的山友。那時，兩人都加入了當地的獵友會，常去打野兔、尾雉、野鴨等等。但是，自從摩根先生的日本妻子過世後，他就不再碰散彈槍了。他說因為他太太以前一直叫他不要再打獵，所以他現在就不再獵活生生的動物了。

摩根先生來到這個村落，是一九六四年東京奧運的四年後。他在妻子娘家的土地上建了房子，從此定居在這裡。摩根先生從未提起過，不過據說他曾是英國西洋劍大賽的冠軍。但那已經是很久以前的事了。

村子裡的人都認為摩根先生是怪人，甚至還有人散播恐怖的謠言，不過他和佑介的爺爺從剛認識開始就一拍即合。

爺爺家的客廳裡，現在還掛著美麗的尾雉的繪畫。那景象正是春天，描繪著尾雉從綠葉稀疏的樹蔭間蹦出來的瞬間，畫得幾乎與相片一樣逼真，就好像現在正要行動般充滿生氣。這幅畫也是摩根先生在妻子過世前沒多久畫的作品。

佑介的爺爺把小貨車停在摩根先生家前時，雨已經完全停了。摩根先生邀請爺爺進屋裡，但他說「已經是晚飯的時間了，改天再來拜訪」。就在這時，爺爺突然瞧見佑介膝蓋上的貼布。

「怎麼了？發生什麼事了？」

「只是稍微跌倒了，沒大礙的。」摩根先生說。

佑介的爺爺低下頭，客氣地道謝。摩根先生把捕蟲網和籃子，交到穿好鞋正從玄關走出來的佑介手上。「歡迎你隨時來玩，我和狗兒們都等你來喔。我還知道很多甲蟲出沒的地方喔！」

被爺爺戳了一下，佑介趕快低頭道謝，「非常感謝你。」

爺爺把佑介的腳踏車搬到小卡車上，向摩根先生揮揮手，開動了車子。那微微駝背，頭髮和鬍鬚白花花的老人身影漸漸渺小。

摩根先生和兩隻狗一直目送兩人乘坐的小卡車轉彎看不見為止。「那個老師有點怪吧，你怕不怕？」

「完全不會啊，」佑介撒了個謊。「他非常和藹可親，而且狗兒們也很聽話。」

佑介的爺爺不發一語，鼻子裡哼出一聲，因為他反對把狗養在家裡。

2 再度拜訪

「波西妳不用擺pose，我不是在畫妳。」

小獵犬波西用前腳爬近，小小吠了幾聲。屋前颳著強風，樹葉被強迫離開枝椏在空中飛舞。紅色、黃色、茶色，像是色彩鮮艷的葉之芭蕾。摩根先生越過老花眼鏡向外望去，歎了一口氣又繼續拿起畫筆。

他正在畫停在純白槍百合上的漂亮雨蛙。畫中背景是晚春推移到初夏的風景，但其實現在季節已經是秋天了。水嫩的綠葉到現在也跳累了癱倒在地上。時節的推移為什麼就這麼快速呢。

「哎呀，」摩根先生轉頭看放在暖爐上的相框，裡頭的妻子以溫柔的笑臉看著他。「樹葉都掉光了的話，這個暖爐也差不多該升火了。」

就在這個時候，換多布起來叫了一聲。「汪。」

波西往門口跑過去，汪汪地叫了起來。摩根先生注意到車聲，放下畫筆把眼鏡摘下，放進襯衫胸前的口袋裡。

「有客人嗎……會是誰呢？」

一打開大門，剛好佑介母子倆從車上走下來，佑介懷裡抱著綁著粉紅色緞帶的盒子。

「啊，是你啊！」摩根先生臉上展露微笑。

你母親之前已經謝過我了，摩根先生揮揮手說「那點小事不算什麼」，又向佑介微笑了一下。

「佑介，歡迎，來，請進！」

他的身後，兩隻狗不停地搖著尾巴。波西好像非常高興能再見到佑介似地東跑西跳。

母親及佑介跟著摩根先生進到寬敞的客廳裡，客廳也是摩根先生的工作室，佑介很快地注意到窗旁畫架上的畫。

「好美的畫啊！」佑介喃喃地說。

「謝謝。」摩根先生滿臉笑容地說道，從佑介的母親手中接下禮物並低頭道謝。

「我從佑介那兒聽說老師喜歡可可，所以帶了巧克力蛋糕來。」母親說道。

「那我來沏茶，我們趕快來享用吧，請把這裡當自己家一樣。」摩根先生邊說邊往廚房走去燒開水。

佑介看了看房間四周。這裡有太多令他感興趣的東西，兩支長槍交叉成X字型架在牆上，不知是不是非洲還是哪裡的東西，牆上還擺飾著許多動物的角，也有幾頂帽子就這樣自然地掛在上面。另一邊是佔滿整片牆的書櫃，書本相互推擠，看起來不下幾百冊。暖爐上面擺著一位女性的畫，是個日本人，青絲裡混雜著不少白髮，她的笑容看起來有些寂寞，不過兩頰露出了少女的酒窩。

「那是摩根先生的太太，」母親說道。「她是在這個小鎮出生的，過世到現在差不多近二十年了吧，聽說和你奶奶的感情也很好呢。」

一邊聽母親說話，佑介的眼睛也一邊忙碌地巡顧房間四周。架子上擺滿了獎杯，他還注意到一張摩根先生脖子上掛著獎牌的相片，驚訝地說不出話來。

另一個角落的架子上還放了一把吉他。

暖爐旁放著堆滿柴薪的箱子。長槍隔壁的架子上整齊地擺滿刀劍。「遵照法律，刀刃全部都磨鈍了。真正的日本武士刀呢，我鎖在寢室壁櫥內的鐵製盒子裡。」摩根先生說。

房間四周，再怎麼看都是些奇怪的裝飾品。雕刻、化石、貝殼、或是古代陶器的碎片、石槍頭、用石頭雕成的大燈、外表鑲著珊瑚的古瓶、雕刻細緻得不知是什麼動物的牙齒——應該是很舊的東西、現在呈現深琥珀色，還有推車上古大砲的小模型。

「哇！好夢幻的收藏品啊！」佑介禁不住叫出聲來。

另一片牆全是窗戶，可以從那裡眺望森林。窗邊放著鳥食的盒子，正有四隻鳥在啄食呢。這時，又颳起風來了，枯葉一齊往空中飛舞。

「這裡真的是又寧靜又美麗的地方啊！」母親說。

就在這時候，摩根先生端來餐盤。三個裝著巧克力蛋糕的小碟子，上面各自擺了一根銀湯匙，還有茶壺、杯子杯盤、牛奶罐及湯匙、和盛著蜂蜜的小陶壺。他把它們一個一個照順序地擺在咖啡桌上。

「不巧今天剛好沒有檸檬。這是阿薩姆紅茶，我很愛喝的午後紅茶。」

摩根先生禮貌地介紹茶葉反而讓佑介緊張了起來。

這時，母親和摩根先生開始用英語交談了起來。佑介掩飾了他的驚訝，住在東京的佑介，在父母的勸說下，一個星期去英語會話補習班兩次，但是老實說佑介非常討厭英語。對，到目前為止。

佑介非常想念他的父親。他的父親現在是電子機械公司的廠長，目前在國外工作。如果不是因為不得不上學的關係，佑介其實很想跟著他一起去。

他一個禮拜會寫一封信給父親。當然，他已經向父親報告了上一次的冒險以及認識摩根老師的事。聽父親說，摩根老師是一位有名的畫家，還寫了許多關於海軍

的歷史及和海洋相關傳說的著作。他甚至還在一九六四年的東京奧運裡獲得西洋劍銀牌，據說在一刀斬及劍道方面也相當高段。父親的回信裡寫到，能和這麼有名的人認識真不錯哪。

「住在當地的人裡有很多人說老師個性古怪又很固執，但事實並非如此，我也是從孩提時代就認識他了。在他的妻子過世之前，他可是到過世界各地旅行、累積了許多經驗，令人相當敬佩呢。他雖然不常掛在嘴邊，但現在可是擁有日本國籍的純正日本人喔。聽說他在來日本參加奧運之前是英國的海軍，第二次世界大戰時待過驅逐艦，詳情你可以直接問你爺爺，他應該有好幾本摩根老師的書。」

佑介他們圍著圓桌，喝著加了蜂蜜的香甜紅茶，兩隻狗則一副嘴饞的模樣盯著巧克力蛋糕。

「有點冷起來了，佑介，你可以幫忙生暖爐的火嗎？」

佑介睜大了眼，因為他平常住在東京，從來沒有生過火。

「呃，我……」

摩根先生對結巴的佑介微笑了一下，放下手中的茶杯。

「那我們一起來吧！」摩根先生走向石造的大暖爐，拿起一根放在一旁的木柴。「這是白樺，這種樹皮就算潮濕也很容易燃燒，因為裡頭含有很多樹脂。」他剝下樹皮，像撕紙一樣撕碎，揉成小團，然後拿了一根乾燥的樹枝擺上。

「把充分乾燥的小樹枝跟這白樺樹皮捆一起，它們就會和樂融融地一起燃燒喔，了解了嗎？」

佑介點點頭。摩根先生接著堆放了已經劈成細條的枯柴。

「接下來還需要更大一點的木柴喔。」

他一說完，就在薪堆的兩側立起兩根大的白樺木頭，另外在上面疊了幾根小的柴薪。然後摩根先生把火柴盒交到佑介手中說道：「那就拜託你了。」

佑介從未點過火柴，雖然他的父親吸煙，不過是用打火機點火。家裡的瓦斯爐是自動點火式的，爺爺要燒庭院裡的落葉時也是使用打火機。看到佑介困惑的樣子，摩根先生拿回火柴盒，從裡面取出一根火柴，然後收好火柴盒點火。他把火柴盒朝下一磨擦，火苗傳到火柴棒中心燃燒了起來，然後用手護著火苗。

「這樣懂了嗎？還有風一吹，小火苗容易熄滅，要輕輕地拿著火柴棒從下往上點火。好，接下來換你了。」

佑介接過火柴盒擦了一根火柴，一邊用手護著，一邊走近白樺樹皮。火立刻開始熊熊燃燒。

「沒有風的話，火會從下往上燃燒。」摩根先生說道。「剛開始小火柴會很有活

力地燃燒，然後火苗會漸漸轉移到較大的柴薪上，在燃燒的過程中，火苗會移往更大的柴薪。但小的樹枝不先燃燒起來，火苗不容易轉移。這個道理跟人類社會的原理一樣。為了讓更大的東西燃燒起來，柴薪彼此間不能相隔太遠、也不能靠得太近，要有適當的距離，讓空氣能夠流通、能相互反射，人也是一樣。生火很有趣吧。」

「但學校的老師說小孩子不可以玩火……」佑介往母親的方向看了一眼。

「我們並沒有玩火啊。把暖爐的火升起來讓房間溫暖是哪裡有錯呢？生火可是人類文化的起源呢。使用火是生活的基本，沒有火你要怎麼煮飯做菜？」

摩根先生笑了一下。「當然生魚片是用不著火啦……。」

柴薪很有精神地啪啦啪啦燃燒著。佑介和兩隻狗一起坐在暖爐旁，盯著火燄不由得看呆了。

摩根先生從廚房拿來裝滿栗子的大缽，這些栗子全是從森林裡撿來的。他從口袋裡拿出小刀，把光滑的栗子皮一個一個劃開後擺在暖爐的火前方。

「我小時候就是這樣烤栗子的。」

「為什麼用刀子把皮劃開呢？」佑介問道。

「不這樣的話，栗子會『啪！』一聲爆開來。栗子裡的水份經過加溫會變成水蒸氣，水蒸氣會想往外面跑，如果跑不出去，就會碰的一聲衝出硬的栗子皮。我小時候很喜歡這樣玩，但現在這麼做的話，狗兒們會嚇得亂吠。這些傢伙們好像會把栗子爆開的聲音誤認成槍聲。」

佑介得到了答案恍然大悟的點點頭。

接著摩根先生又拿來幾片鬆軟的麵包，用以堅固的鐵絲做成、像手的形狀的叉子，往每一片戳了一下，開始烤吐司。

「我小時候家裡還沒有電，當然也沒有烤麵包機。」摩根先生對著佑介的母親說道。

「我覺得像這樣烤出來的吐司，比烤麵包機烤出來的要來得美味。」

「我爺爺也說，要是家裡還留著地爐就好了，因為用地爐烤的魚特別好吃。」佑介說。

然後，在摩根先生去拿果醬的時候，佑介也試著烤烤吐司。

「這是我自己做的果醬。聽說藍莓對眼睛很好。」摩根先生在烤得金黃的吐司上先塗了牛油，再盡情淋上果醬後，遞給佑介的母親。

「我接到妳先生的信，他現在正好在我的祖國威爾斯工作吧。妳先生的工廠離我的故鄉史溫基不遠，妳已經去過那裡了嗎？」

佑介母親搖頭回答：「我們還沒去過，不過等下次佑介放假時，很想去看看。」

「唉呀，冬天還是別去的好！下午四點左右天色就暗了，而且每天都下雨。如果要去還是夏天好，白天日照時間長，過了晚上十點天空都還是亮的，而且那個時節會開很多花。我想佑介一定會很喜歡哥瓦海岸。」

摩根先生回過頭對佑介說道：「佑介，你喜歡紫菜嗎？」

佑介點了點頭。

「那蛤仔呢？」

「很喜歡。」

「在我的國家我們吃很多紫菜，你可以告訴你父親。我們說紫菜是laver bread，不過紫菜又黑又濕濕黏黏的，一點也不像麵包。當然是很好吃啦，我們那裡也可以捕獲很多蛤仔。威爾斯是個好地方喔！」

「威爾斯在英國嗎？」

摩根先生故意裝作驚訝的表情。「英國？差太多了！英國在我們隔壁，語言也不一樣。」

佑介聽了腦袋一時轉不過來，因為他一直以為父親在英國。就在佑介想多問點威爾斯的事情時電話響了。摩根先生接起電話後，把話筒交給佑介的母親。

母親講完電話、放下話筒，低下頭向摩根先生微笑道謝。

「摩根老師，在你家過得太愉快，結果打擾了這麼久，我們也該告辭了。」

「不留下來吃晚飯嗎？真可惜。我也很高興妳們今天的到訪，謝謝。」

摩根先生站起來與佑介的母親握手。

「佑介，要再來玩喔。我們三個人等著你。」

「三個人？」

「對啊，老大摩根、也就是我，還有愛裝腔作勢的大姐波西，還有貪吃鬼多布。」

兩隻狗搖搖尾巴，送佑介他們到門口。佑介跟摩根先生握手，謝謝他招待的紅茶及吐司，然而又突然想起日式禮儀，在上車前又鞠了一個躬。車子開動後母親悲傷地說道：「摩根老師自他妻子過世後一直都是一個人，不知道有多寂寞。」

在聽到母親這句話之前，佑介從來沒有想過這個問題。佑介一直覺得，那兩隻狗很可愛，暖爐的火又溫暖，而且家裡有那麼多有趣的東西，摩根先生家看起來是多麼地愉快。佑介下定決心，好，一定要再來玩。

3 祕密的約定

現在是晚上十點。佑介的母親正在客廳和父親講電話。佑介這裡只聽得到母親的聲音，不過可以想像父親說了什麼。其實他很想跟父親說話，但是，沒有辦法。佑介家有個「九點熄燈」的規矩，所以現在他是在自己的房間裡，透過門縫偷聽母親講話。

「你不是說好春假的時候要請一個禮拜的假回來的嗎？」

父親一定又是說，在英國的工作太繁忙沒有辦法休息的吧。這樣的對話在佑介家也已經出現兩次、三次，一直重複。

「我當然知道工作很重要啊，但你知道家裡現在是什麼狀況嗎？」

接著是一段沈默。

「最近要那個孩子上學真的是很辛苦。每天早上要不是說肚子痛、就是頭痛、身體倦怠動不了什麼的，上個禮拜還因為這種藉口請了兩次假。還有早上看他穿好制服出門，以為他乖乖地去學校，沒想到快中午的時候，老師打電話到我工作的地方來，問說佑介怎麼沒有去學校？是不是身體不舒服？你知道我有多麼擔心嗎？不是只有你工作忙，老師打電話來的時候剛好一條大新聞進來耶……。」

佑介的母親在東京電視台的國際部門工作。他本來希望母親替他瞞著沒有去上學的事，他一想到父親聽到這件事的表情就覺得很可怕。母親又開口說：「但我還是趕緊把工作結束，馬上趕回家來耶。心想會不會他去學校途中出了車禍還是被誘拐了該怎麼辦。我越想越不安，還想說要不要打電話報警呢。結果樓下的老奶奶告訴我在公園裡看到佑介，說他一個人坐在凳子上看書。」

佑介在想書的事情。那是一本充滿漂亮的蝴蝶及蛾的插圖的書。由於是英文書，裡面寫什麼他都看不懂，但他查了裡頭的幾個單字，把英文單字和日文翻譯寫在自己的祕密筆記本裡。那本書是今年新曆新年時，父親從英國買給他的。

「嗯、嗯，我知道了。但是那個孩子就算沒有考上名校，你也不要責備他。聽他老師說，佑介上課時都心不在焉的，一直在發呆呢。他的成績也越來越差，我已經沒有自信了，我想找人商量，你又不在身邊，我真的不知道那孩子到底在想什麼。什麼？不行啦，我怎麼能叫他現在出來聽電話！已經晚上十點了耶，他早就睡了！」

母親的語氣越來越激動。佑介悄悄地關上房門，鑽入被窩中。窗簾的縫隙透進街燈的橘色光線，在牆壁上舞跳著。

書桌上擺著喜愛的書籍，從架上垂釣著翼手龍的模型。那是在佑介九歲的生日時，父親外派到英國之前，兩人一起合作完成的禮物，雖然外表看起來是兇殘的恐龍，但奇異的外表下卻也顯得英勇。佑介想像翼手龍飛過遠古海洋的模樣：牠那呈鋸齒狀、又長又尖銳的喙嘴，伸入水中捕魚。如果我是翼手龍的話……。佑介想像自己在遠古的海洋及陸地上自由自在地飛來飛去，在那裡沒有一個人類，有的只是書上所記載、絕對想不到這個世界上會存在的生物或植物。

不過恐龍時代的人類究竟是怎麼生活的呢？那麼巨大、猙獰勇猛又力量強大的對手，小小的長槍一定派不上用場。光是用想像的，身體就害怕地發抖。佑介轉念一想，先不要管那個時代了，還是來想像追逐長毛象的狩獵時代吧。以豐富智慧及技能，在嚴酷的大自然下求生存的男人們；在巨大冰河移動時，從亞洲大陸遠渡美洲大陸的勇者們。這回他想像自己也是當中的一人，是個全身包裹毛皮、既強壯又有勇氣的年輕小伙子，和長老們一起追逐獵物。長老對動物瞭若指掌，教導佑介狩獵的技巧。但是在那個世界裡，我才不是叫「佑介」這種普通的名字，應該是更質樸卻有力的名字——對了，叫「克拉克」這個名字好！

「克拉克，」藏身在小山後面的長老，舉起長槍來跟我打信號，「你去左邊，躲在草叢中伏低身子等著，這個風勢象群不會聞到我們的味道。我一舉起長槍，你就往右跑，引開那隻上了年紀的雌象注意，牠是象群的領導。你引開牠的時候，我們會趁機射那些年輕的雄象。」——佑介閉上眼睛。之前看非洲象的紀錄片時，裡頭一個男人說「實際上象群的權力中心是上了年紀的雌象」，他想長毛象應該也是一樣的吧。

突然，可怕的嚎叫聲劃破寂靜，劍齒虎飛奔過來了。牠也一定是在追逐長毛象群。在凍原上每逢風勢交替，注意力就會被如波浪般搖擺的草叢吸引，完全沒注意到老虎的動向及味道。克拉克一動也不動，要是現在逃跑的話，馬上會被壓倒吧。他怎麼能服輸呢。他腳踏著地，手持長矛面對敵人。下一個瞬間，佩劍虎跳到空中，克拉克握緊手中的長矛。「哇！」

克拉克大聲尖叫，一邊痛苦地扭動著身體。他快被長矛刺穿的劍齒虎給壓垮了。這時，門被打開，佑介感到自己的身體被搖晃著。

看到兒子在毛毯下掙扎，母親把手放在他肩膀上。

「佑介！只是夢而已。已經沒事了，你別慌。」

佑介睜開眼點點頭，母親彎下腰來親吻他的額頭。

他曾經連續好幾天沈浸在幻想的故事裡，一再跑回喜歡的世界中。即使是大白天，只要覺得無聊、寂寞、或是有點生氣的時候，只要回到幻想世界，馬上就能變成那個世界的人：如長毛象獵人克拉克、乘坐帆船駛往南極的勇敢探險家、和成吉思汗併肩作戰的蒙古勇士。

那一天，老師在針對課外活動發表無聊言論的時候，佑介也是沈醉在自己的幻想世界裡遊玩。那時老師來到自己的桌邊，用力地敲了佑介的頭。「小林！你一個人想去哪裡啊？」

大家哄堂大笑。那正好是佑介幻想在冰凍的哈德遜灣獵海豹的時候（這個幻想也是從之前專心收看的紀錄片節目來的）。被老師點名時，他沒辦法馬上回到現實世界，不由地脫口回答「北極」。

老師睜圓了眼，攤開兩手，後退了幾步。正因為還是二十幾歲的年輕老師，反應也很誇張。

「你說北極？你要去那麼遠的地方做什麼？要跟企鵝說話嗎？」

教室裡一時沸沸揚揚了起來，但佑介一點也不覺得有趣。他稍微抬頭看一下老師的臉，之後就一直低著頭，關起心中的大門。北極又沒有企鵝，身為老師連這個也不知道……。

「那麼小林同學，你和企鵝講完話之後，可不可以回到教室來啊？你有想要一起去參觀報社嗎，順便聽一下吧，在報社可以看到每天是怎麼製造幾百萬份的報紙

的喔。話說回來，企鵝是看不懂文字的啦。」

其他的小孩們還在大笑。佑介真希望現在自己可以馬上變成北極熊，用巨大的前腳掌往老師的頭上用力踩下去。啪！身高三公尺的北極熊，一腳就能把人踩死。

「小林！別再發呆了！」

佑介完全討厭起學校來了。

春假，佑介被媽媽送上列車，一個人前往住在長野的小林爺爺家。母親因為電視台的工作關係得前往倫敦。聽說電視台答應母親可以在工作結束後放假跟父親見面，母親和父親現在一定很快樂吧。佑介努力掩飾他有多麼失望沒辦法跟著一起去。

爺爺到車站來接他，佑介的行李被放到小卡車上後，車子便開往回家的方向，那個父親生長的地方，雖然老舊但很寬大的房子。

佑介坐在茶室，一邊嚼著奶奶做的「烤麻薯」，一邊抬頭看著牆壁上的照片。牆壁上並列三張裝在相框裡的照片，裡面的兩張聽說是佑介的曾祖父、曾祖母，但是他還沒聽說另一張穿著水手服的年輕英俊男人是誰。「爺爺，那個穿著水手服的男人是誰啊？」

「是我的哥哥，他叫隆介，在太平洋戰爭時戰死了。他那時在菲律賓海的驅逐艦上，被美軍擊沈了。他比我大十歲，如果他還活著的話，這個家應該是由他來繼承。」

「驅逐艦？」佑介睜大了眼，「摩根先生也待過驅逐艦，他們兩個是好朋友嗎？」

爺爺笑了笑。「如果是在比較好的時代的話，或許可以成為好朋友吧，但那是個戰爭的時代，他們啊，是敵人。」

「敵人？」佑介的語氣相當驚訝。「但是日本那時候是跟美國打仗，又不是跟英國，不是嗎？」

爺爺表情凝重地搖搖頭。

「不，日本不只跟美國打戰，也跟英國及荷蘭等國打，還有中國、澳洲、加拿大也是。」

「爺爺有去打仗嗎？」

「沒有，但是如果戰爭再拖一年的話，應該會上戰場吧。我那時認真地考慮要進海軍學校，結果原子彈掉下來，戰爭就結束了。」

「結束不是很好嗎。如果上戰場的話，爺爺也可能戰死不是嗎，就像那張照片上的伯公一樣。」

爺爺微笑著撫摸佑介的頭髮。

「如果我那時死了，你現在也不會在這裡了。那可是這個世界的大損失啊！」

隔天下午，佑介搭爺爺的車去摩根先生家玩。伴手禮是母親讓他帶來的英國奶油牛奶餅乾。

摩根先生高興地收下了禮物，兩隻狗也毫不掩飾再度見到佑介的喜悅。

摩根先生說道：「要不要進來喝杯茶。我不想一個人獨享這麼好吃的餅乾。」不過爺爺說他還有事要去公所，先開著小貨車走了。「那麼佑介，我們來喝紅茶吧。剛好是下午茶的時間，紅茶配餅乾。」

佑介在客廳等著，摩根先生端來放著紅茶的托盤，把茶杯和碟子整齊地排在圓桌上。佑介看著摩根先生的動作心想，真無法想像爺爺也會這樣準備茶點。不過，或許是因為平常這些事全都由奶奶一手包辦才無法想像的吧。

多布和波西坐在桌子旁直盯著餅乾瞧，兩隻狗像要申訴似地望著摩根先生。

「喂，很沒禮貌喔。你們這樣佑介一定想我沒有餵你們吃東西。」

摩根先生雖然這麼說，還是一面把一片餅乾剝成兩半交給佑介。

「請餵餵牠們吧。不過這是最後囉。」

佑介把餅乾遞出去，兩隻狗一下子就吃個精光。真的是很好吃的餅乾，佑介也吃了兩塊。接著兩人談了很多話，包括在威爾斯的父親及母親忙於工作等。摩根先生對佑介稱讚說他母親的英語非常好。

「你的母親實在很厲害。你父親也是，兩個人都很了不起。」

雖然佑介很高興自己的父母被稱讚，但他卻沈默了。

「你覺得寂寞是吧？但沒有辦法，你的父母親都負責其他人沒辦法做到、很重要的工作，你了解吧？」

佑介點點頭，用手指了暖爐旁架子上擺的一艘大船的模型。因為他想轉移話題。

「那是戰艦嗎？」

「對啊，是驅逐艦。以前我就是待在這種船上。」

「你有和日本打仗嗎？」

「很不幸地，是的。那時戰爭剛開始，我也才十八歲。我十六歲的時候加入英國的海軍，因為我的父親及祖父也都曾經是海軍。在他們的時代，英國和日本還是好朋友。」

摩根先生搖搖頭。「我討厭戰爭。日本是很好的國家，將近六十年都沒有打仗了呢……。」

佑介指著另一個架子。「那是潛水艇？」

「是啊，想看嗎？」

摩根先生從架子上拿下潛水艇交到佑介手上。那是個全長六十公分的精緻模型，上面有司令塔，前甲板上還附著大炮及小型機關槍，船頭開了兩個洞，應該是為了發射魚雷的吧。佑介把模型放在膝上，指著司令塔兩側像小把手的東西問道：

「這是什麼？」

摩根先生把佑介膝上的潛水艇拿過來說道。

「這是祕密，你保證不告訴任何人的話，我就給你看。」

「我不會說出去的。」

摩根先生向佑介伸出右手，兩人勾勾手，交換不變的約定。

4 驅逐艦與水蚤

摩根先生把潛水艇夾在腋下，從架子上再拿下兩個灰色的小零件。小零件看起來像粗的鋼筆，他接著把它們插入潛水艇船頭的兩個洞中。他把司令塔的地方往後拉，喀喳的一聲停住了。摩根先生把潛水艇放在咖啡桌上，示意佑介「還不能碰喔」。

接下來他從另一個架子上把驅逐艦的模型拿下來，交到佑介手上。實在是個相當精巧的模型。

佑介入迷地看著模型，摩根先生耐心等著他看完，最後從佑介手中拿過驅逐艦，動了船尾的一個砲台，先往一邊轉半圈，再往反方向轉一圈，接著朝原來的方向再轉半圈。

「來，看吧。」

摩根先生說完笑了一下。他把驅逐艦放到地板上，叫兩隻狗離遠一點。接著把潛水艇的模型擺在約離驅逐艦三點五公尺的地方。摩根先生看來是用潛水艇瞄準驅逐艦。他把司令塔兩側的控制桿一邊拉起，剛才插在船頭洞中的灰色圓筒一鼓作氣飛出，打中驅逐艦的船舷。

「該死，射偏了！」

摩根先生話還沒說完，又馬上瞄準驅逐艦。他拉起另一邊的拉桿，另一支灰色圓筒發射出去，這次打中驅逐艦船舷上隱約可見的小四方形板。就在那時，驅逐艦的甲板瞬間分解，零件全飛散到地毯上。

「命中！」

摩根先生這次是用日語大叫。不只是佑介被嚇到，兩隻狗也大聲地狂吠起來。

「啊，閉嘴！」

摩根先生笑咪咪地說，一邊拾起地毯上的零件。

佑介睜大了眼，這是他第一次見到這種景象。當然光是一個八十歲的老人躺在地板上、一手把玩潛水艇模型這點就夠稀奇了，然而沒想到驅逐艦的模型竟瞬間飛散，實在令人難以置信。

「佑介，可以幫我一下忙嗎？」

摩根先生把船的主機體和拾起的零件放到桌上，驅逐艦的

甲板上有四方形的洞穴，往裡頭一看，可以看到彈簧和扳機。看起來很像爺爺家還沒整修之前、架設在泥地裡的大型捕鼠器，老鼠一跑進裡頭吃餌，扳機立刻彈開，啪地一聲陷阱就掉下來的構造。摩根先生重設了發射裝置，再度示範了剛才的動作。圓筒一打到驅逐艦船側的四方形標的，衝擊的力道使扳機跳開，桿子一鼓作氣撞上甲板，甲板被迫往上推，上面的零件因此分解四散。

摩根先生開始重新組裝驅逐艦。艦橋、無線電天線的支柱、通風筒、大砲，摩根先生一個一個說明零件的名稱。摩根先生把佑介遞過來的零件一個接一個組裝回去。終於把驅逐艦組裝完成之後，摩根先生把潛水艇的彈簧裝回，把灰色的圓筒插入船頭的洞孔中，那是用木頭製的金屬彈頭的小魚雷。

「要不要試試看？」

小小的驅逐艦要重新組裝耗費了許多時間，不過摩根先生還是問佑介要不要再發射一次。

「好！」佑介兩眼發亮，用力地點點頭。

他發射了好幾次魚雷，但卻一直無法打中目標。佑介每次都有打中驅逐艦的船身，摩根先生說，如果是真的魚雷的話，驅逐艦也應該受到重創了，或許敵艦早就被擊沈了吧。

「但是，我們的目標是 magazine。」

佑介問 magazine 是什麼，摩根先生告訴他那是儲存彈藥的「火藥庫」的意思。

佑介發射的魚雷，終於命中了目標，驅逐艦漂亮地分解開來。兩個人高興的歡呼聲下，狗兒們也一起叫了起來。那時，佑介突然想到——如果爺爺的哥哥——隆介爺爺在那艘驅逐艦上的話？

「這是美國的船嗎？還是日本的船呢？」

佑介認真地問到。

「你現在問的這個問題很重要，」摩根先生把手伸向架子上的小盒子，盒子裡面全是小小的國旗。他從那堆旗子中挑出美國的星條旗來，立在驅逐艦的船尾。

「由你自己選擇。這和真正的戰爭不一樣，船上的水軍們沒辦法自己選敵人，是國家選擇的。在那個戰爭開始之前，我和我的父親、祖父，都只聽說日本好的一面。我祖父在明治時代曾經在日本住過一陣子，他的工作是做燈架。聽說在他退伍之後做過幫忙船隻和船員的工作。海軍打仗大部份是船和船打，看不到敵人的臉。我一九六〇年自海軍退伍後才第一次來到日本。那時才跟日本的海軍們有對談交流。不過戰爭期間，不論是我們英國海軍的水手、還是日本海軍的水手，並沒有對彼此懷抱著憎恨的感情。當然，當時是有許多煽動仇恨的宣傳……。」

「那為什麼你要去打仗呢？」

面對佑介的疑問，緩緩點著頭的摩根先生表情顯得相當嚴肅。

「這個問題很難回答。不過我的答案，表面說來很簡單——因為國家的命令。」

「去打仗就是為國效勞嗎？我的爺爺說，日本發動戰爭是很大的錯誤。但我父親說，是美國促使日本發動戰爭的，因為美國阻撓日本獲取石油及生活上必要的物資，所以雖然大家都討厭戰爭，但當時日本非戰不可。我爺爺告訴我，日本海軍裡最有名的大將也是反對戰爭的。」

「佑介，你幾歲？十歲？能思考這個問題的小孩很難得，你很了不起呢。不過現在我和你只是單純地在玩遊戲而已，不是真的在打仗。當然戰爭並不是兒戲。我們是不是不要玩了？」

「我還想再玩一次，但是這次不要美國的船沈，也不要日本的船沈沒。」

摩根先生把兩手一攤，做了個滑稽的表情。

「什麼？難道要當作英國船嗎？」

「不，不是。我們可以把國旗拿起來當成海盜船，那是真正的壞人。」

後來就在爺爺來接佑介為止，兩人擊沈了兩次「海盜船」。

「這兩艘模型都好精緻，我從來沒看過這麼棒的東西，這是你在國外買的嗎？」佑介問道。

「不是，是我為我兒子做的，但我妻子為此很生氣，因為她很討厭戰爭，即使是遊戲也不允許。所以趁她出門的時候，就瞞著她像現在這樣和我兒子一起玩。」

「你兒子沒跟他媽媽說嗎？」

「當然沒有說，男子漢怎能不遵守約定呢。」

佑介點點頭——我也絕對不會說出去的。

在回家的車上，佑介發現，自己已經把驅逐艦和潛水艇甲板上的所有零件名稱全背起來了。還有引擎的構造和最快速度、及潛水艇大概可以在水面下待多久等等，摩根先生也全都告訴了他。據說潛水艇鑽入水面下的瞬間，動力會從柴油引擎轉換成大電池繼續航行。像這樣的知識在學校裡或許派不上一點用場，但是有趣的東西說什麼就是有趣。佑介開始對連父親也沒見過的伯公越來越感興趣。

那天晚餐的時間，佑介突兀地問道。

「爺爺，您的哥哥以前不是待在驅逐艦上嗎？摩根先生也是待在英國的驅逐艦上。那麼，兩個人就是敵人囉？」

「沒有錯。」爺爺從正在扒飯的碗中抬起頭來說。

「你沒有覺得很討厭嗎？」

「不會啊。我第一次跟摩根老師見面是在一九六五年，那時距離戰爭結束都已經過了二十年了。」

「而且摩根老師也跟這塊土地上的女性結婚了啊，當時還在這裡起了不小的騷動呢。」奶奶發出上了年紀的婦女像母雞般高亢的笑聲。「大家都在傳說，為什麼那樣的美人竟然要跟老外結婚呢。但是來跟女方家長打招呼的摩根老師啊，是那樣的美男子、還是很氣派的紳士呢，看起來經濟上相當優渥，重點是，日文又很不錯。」

「那他妻子的父母贊成他們結婚嗎？」

這一次換里香從旁插嘴。里香快十三歲、是佑介的堂姐，她和父母一起住在這附近。

「不，她的父母非常反對這門婚事。」奶奶說道。

「因為對方是老外嗎？」里香問道。

「的確那也有關係。但那時摩根老師已經四十三歲了，他比他妻子整整大了一輪以上，再怎麼說年齡都相差太大了。不過他妻子那時已經覺悟到，如果無法得到父母的允許，她就決定跟老師私奔。後來摩根老師答應他妻子的父母，一生都留在日本生活，他們兩老也才相信他的話，答應了這件婚事。」

佑介對她們兩人的對話很不耐煩——我想知道多一點戰爭的事情啊！

「日本海軍以前很強吧？」佑介問道。

「嗯。但是我們並不如自己想像中的強大。戰爭快結束的時候，海軍幾乎是全軍覆滅。如果你還想知道更多，我的書借給你看。你應該也看得懂才對。來，快點把飯吃完。」

兩天後，佑介自己騎了腳踏車去拜訪摩根先生。狗兒們看起來很高興地跑來迎接他。接著看到摩根先生出現。

他穿著鬆垮垮的咖啡色燈芯絨裝、戴著布製的帽子、脖子上圍了大紅的羊毛圍巾、腳上套著雨鞋；手中拿著玻璃瓶和前端吊著大型試管的圓網，撐得開開的網子上附有金屬圈，中央穿過長長的繩索，看起來似乎與機場上看到的「吹流」似曾相識。

佑介從腳踏車上下來，打招呼說道「你好」，並問那個網子是做什麼用的。

「啊，這是為了抓水中微小生物用的「浮游生物網」，來，你看，這個網子的網眼很細吧。你來得正好，我正要去池塘，佑介要不要也一起來呢？」

兩人在奔跑的狗兒們後面走進森林的深處。地面上還留著泥濘的殘雪，這天是個溫暖舒適的好日子。葉子全落光的的枝椏上鳥聲婉轉。一靠近池塘，就聽到翅膀

拍打的聲音，青鷺鷥正要振翅飛翔，而狗兒們一邊吠叫一邊正追趕著。

那個池塘很寬大，比游泳池還大，是摩根先生從妻子雙親繼承而來的土地上自己挖掘的。那塊土地上有幾個大小不一的池子，都是為了營造一個讓青蛙、野鴨，以及蜻蜓等水生昆蟲住得舒適的環境。

到了池塘邊，摩根先生把網子放入水中，一邊拉長了繩索，一邊走向池塘的另一頭。他教佑介拉網子的時候要慢慢地、盡量讓網子順著水面。

網子拉上來後，再把大試管放到水中舀水。玻璃試管中混進了枯葉和水藻，有上百個微生物在裡面游來游去。摩根先生慎重地從網子上取下試管，將裡面的水倒進更大的瓶子中。他接著從上衣的口袋裡取出筆記本和鉛筆來做筆記，並且在一張小標籤上寫下日期和池塘的名稱後貼在玻璃瓶上。

「好了，我們回家看看到底抓到了什麼。你想喝熱可可吧？你母親送的餅乾還剩一些呢。」

摩根先生的家很溫暖，這多虧了客廳的暖爐和廚房燒木柴的大暖爐。吃完點心後，摩根先生帶佑介到工作間旁的小房間。摩根先生拿出剛才的瓶子，用滴管把水吸出滴到實驗皿上，然後放到顯微鏡下，打開小燈。他邊看顯微鏡邊調整焦距，就在他打開螢幕開關的下個瞬間，畫面上立刻展現出一個驚人的世界。

不可思議的生物們相互緊挨著動來動去。摩根先生用鉛筆的前端指著畫面：枯葉的切口上附著許多像樹木一樣的小生物，長長的身體一邊有嘴，嘴邊圍著八根觸角像是要把口包起來一樣。另外還有種渾圓的生物，肚子上有六對長著毛的蹼，伸長著兩根像雄鹿頭角的觸角。仔細一看，渾圓的生物正往像樹木的生物靠近，渾圓的那方身體是透明的，佑介甚至可以看見它小小的心臟在鼓動，而且還看到一個小小的黑眼睛。

「這是水蚤。這兩三天太陽光線很強，池子表面應該相當溫暖。英文叫水蚤 **water flea**，意思是『水中的跳蚤』，拉丁文叫 **Daphnia**。你看好了。」

水蚤靠近像樹木的生物，摩擦其中的一隻觸角，就在這時，像樹的生物伸出幾乎看不見的小針，水蚤因為被刺而顯得痛苦地掙扎起來。那生物接著又伸出別的觸角，射出一個接一個的小針，讓水蚤的蹼腳動彈不得後，馬上刺穿其皮膚。不到數分鐘，那生物已經用觸角根部的嘴吞噬了水蚤。

「那是水螅，是水母的同類。它皮膚中佈滿了有毒的像魚叉的刺。你一碰它，立刻就刺、刺、刺啊！只要是小生物，水螅全不放過。」摩根先生在紙上畫下水螅的毒刺。它的頭是圓的，連接著上有毒刺像尾巴的部份，而從那前端伸出像長線的東西。

「很棒的景象吧！」摩根先生說道。他移動顯微鏡下的實驗皿對焦。兩人一起

觀察了近一打的奇妙生物。裡頭有矮矮胖胖的生物，渾圓的身體上長著四對像彎鉤一樣的短腳。摩根先生告訴他這是 water bear，直譯的話是「水中的熊」。摩根先生不知道它的日文稱呼。

還有身體是透明的、運動速度快到像箭一樣的生物。它動得太快眼睛幾乎追不上，但在它停止運動的瞬間，可以看到從它身體兩側伸出如手腕般的長觸角。另外有單眼、身體下方垂掛著兩個小卵囊的生物。據說因為它的單眼讓人聯想到食人的獨眼巨人傳說，所以就叫做「獨眼龍」。

「很有趣吧。我們的眼睛鼻子之前，有著無數的另類世界。」

佑介很想再看更多不可思議的生物，但是因為他沒有跟任何人交待就跑出來了，現在不得不回家。

「不論何時都歡迎你再來玩。下次再一起做有趣的研究吧。」

摩根先生滿臉笑容地說。他很高興他的小小朋友，以充滿驚奇的眼光看著自己喜愛的顯微鏡中的「妖精王國」。

「我也是，」佑介說，「玩得非常愉快。」

這真的遠比電視遊樂器要令人興奮不已、雀躍萬分。

5 佑介被欺負

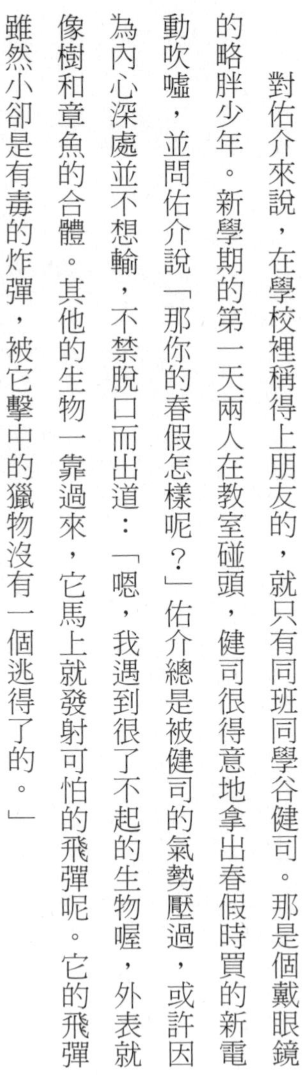

對佑介來說，在學校裡稱得上朋友的，就只有同班同學谷健司。那是個戴眼鏡的略胖少年。新學期的第一天兩人在教室碰頭，健司很得意地拿出春假時買的新電動吹噓，並問佑介說「那你的春假怎樣呢？」佑介總是被健司的氣勢壓過，或許因為內心深處並不想輸，不禁脫口而出道：「嗯，我遇到很了不起的生物喔，外表就像樹和章魚的合體。其他的生物一靠過來，它馬上就發射可怕的飛彈呢。它的飛彈雖然小卻是有毒的炸彈，被它擊中的獵物沒有一個逃得了的。」

「ㄟ！我從來沒有聽過有這種怪物，它有多大啊？」

「我也不知道該怎麼解釋好，總之在螢幕上，大概有這麼大。」佑介一邊說，兩手一邊隔開二十公分左右的距離。

「那是電動遊戲嗎？」

「是真的生物啊！我親眼看到那傢伙把獵物殺了放進自己的口中。」

「好厲害！是什麼紀錄片節目吧？你剛講的聽起來好像外星人喔，它長什麼樣

子啊？」

佑介在筆記本上畫下水蝗向水蚤放毒箭的圖。就在他畫到水蚤瀕死之際痛苦地掙扎的時候，一個少年從佑介背後瞄著他畫的圖道：「喂，那個怪形怪狀的東西是什麼？」

「沒什麼。」就在佑介把筆記本闔上的瞬間，那個少年伸手出來搶他的筆記本，兩人爭執不下。其他的少年圍著他們騷動了起來，把老師也引來了。

「你們兩個人都住手！」老師抓起他們的領口將兩人拉開後，大聲罵道：「為什麼打架？」

「沒什麼。」佑介不情願地回答。

對方的少年立刻接口說：「因為他在筆記本上畫很噁心的畫。」

「拿出來給我看。」老師把佑介的理科筆記本拿起翻了翻。

「這是什麼東西？小林，你在筆記本上畫這種東西是什麼意思？」

健司為了替沈默不語的佑介辯護，說道：「這個是樹和章魚合體的怪物，它會發射劇毒的炸彈把敵人殺死。小林說他在春假時親眼見到這個怪物。」

「說什麼蠢話！有誰會相信啊！」

其中一個少年叫道。佑介緊閉雙唇、瞪了健司一眼。老師拿著佑介的筆記本敲他的頭道。

「你又做夢啦？實在拿你沒辦法耶。這是理科的筆記本，可不是你的塗鴉簿。拿出橡皮擦來，把它擦乾淨。」

「老師，他是個騙子對不對？」剛才那個少年問著。就在佑介想揮拳揍對方的鼻樑時，老師又插進來了。

「叫人家騙子也說得太過火了，他只是想像力比較豐富而已。」

老師的說法其實並沒有惡意，但因為那句話，佑介的情緒更加激憤。結果那天一整天，他上課都心不在焉。

放學後，佑介獨自一人走往地下鐵車站。就在他要穿越小公園時，三個國一的少年突然站在他面前擋住他的去路。

「喂，你在急什麼啊？」

其中一個少年邊說話邊碰撞佑介，抓著他的書包把他轉來轉去。「放開我！」佑介大叫。

「你叫小林對吧。你的事我聽說囉。我弟說你腦袋亂不正常的，常常神遊去另一個世界對吧。」

佑介的四周響起侮蔑的乾笑聲。他拚命地掙扎要從笑聲愚蠢的三人中逃脫，結果胡亂揮出的拳頭，恰巧擦撞過其中一人的臉頰。

「把這傢伙壓住！」

其中一人發號司令，另外兩人把佑介架住讓他不能動彈，三人猛力地踢打佑介的臉及腹部。佑介鼻血都流出來了卻沒有哭，盡力朝三個國中生的小腿踢去，但佑介的死命反抗，反而導致他的肚子又挨上五六拳。

這時一個女子正推著嬰兒車經過，看到這情景大喊出聲。三人一看到大人馬上就鳥獸散，其中一人走前撂下狠話道：「下次把錢給我準備好，不然你會死得更難看。」

「他們真是過分，你被他們怎麼了？」女子把佑介扶起，給他面紙擦拭鼻血。

「那麼可怕的場面我還是第一次看到，你要不要找警察來？」

佑介把鼻血擦掉搖搖頭，因為他一點也不想回答警察的問題，也不想被警車護送回家。還有他也討厭警察通知母親及學校。警察一來，必定會通知對方的學校，這樣事情只會變得越來越麻煩。

「那種愛欺負人的孩子還是給他好好地教訓一下才是。」

雖然佑介的心情也是一樣的，但對方是三個國中生，也不能拿他們怎麼辦。公園裡的烏鴉們群集騷動，感覺上好像在搧風點火。他現在好想逃離這裡，越遠越好。

接下來好幾個禮拜，佑介回家的路上都被那幾個國中生埋伏等候。他說他手中只有幾百塊，到最後總是被他們亮出刀子恐嚇「再拿更多錢來」。

佑介從那天起就不肯去學校了。老師來家裡訪談他也關在房間裡避不見面。母親在國際電話裡向父親哭訴，結果佑介被叫去聽電話。父親在電話裡一反往常，用極嚴厲的口吻說：不准再耍任性，明天開始給我去學校！

隔天放學回家的路上，那三人又在那裡等著他。他們一知道佑介身上只有零錢，又開始對他拳打腳踢。但是這次佑介勇敢反擊了。他用盡力氣又抓又踢，最後往對方架在他脖子上的手臂上狠狠地咬了下去。佑介閉上眼睛，想像自己是虎頭犬還是獾，咬著咬著，不停地咬著，即使隔著襯衫，他咬下去的力道也幾乎把對方的皮膚咬破，死勁地咬住不放。

有個男人在旁一直看著這場騷動，他是住在這公園裡的流浪漢之一。那人及他的伙伴們也曾遭到這群壞份子的欺凌——有個晚上，幾個國中生用打火機在一個流浪老人的塑膠屋上放火，那些少年們看著老人拚命從塑膠屋中搶救他僅剩的財產，並在一旁輕蔑地哈哈大笑。

那個中年流浪漢很想出手幫助這個個子較小的少年，但他心裡很清楚，不管現在誰對誰錯，要是事情鬧上了法廷，他這個「流浪漢」會遭受到何種待遇。這時，他剛好發現一個警察經過，馬上跑出公園外叫住。

警員一看到是個全身髒兮兮的男人跑過來，心裡想著要怎麼避開這個麻煩，因為他之前在逮捕未成年的暴走族時，只是讓對方受一點小傷就被訓誡處分。可以的話，他真想直接走過這個公園。但即使路邊車聲嘈雜烏鴉嘎嘎亂叫，還是聽得到從公園裡傳來很大的叫喊聲。這麼一來，警員想裝作不知道都沒辦法，只好跟在流浪漢身後。

「喂，你們三個聽好了，你們就算不說出名字我也記得你們的臉，知道你們是哪個國中的學生。還有啊，很多人都看到你們做的壞事了，以後不准你們再欺負那個孩子。聽懂的話就立刻給我離開！」

三人一邊離開嘴裡一邊罵盡髒話。因為他們知道警察不能隨便對未成年人出手。

「這群小鬼實在很可惡！」剛才的大叔從塑膠屋裡探出頭說。

那天晚上，母親進入佑介的房間，一臉擔憂地站在床邊。佑介把臉面向牆壁，不想自己的臉被看到。

「佑介，發生什麼事了？我聽說你被警車送回家。」

佑介轉了頭，站了起來，瞪著母親。

「我想要一把銳利的刀子，把那些傢伙們全部殺掉。我恨死大家了！」

佑介再也沒辦法忍住眼淚了。「啊，如果你父親在就好了，」母親哭著抱住佑介。

佑介終於把被國中生欺負的事情全盤托出。母親帶著他去找校長，叫他把被撕破的襯衫脫掉讓校長看他身體上的傷。

「這件事請你一定要處理，」母親以斷然的口吻說道。「不然的話，我工作的電視台會把這間學校和對方國中的名字公開，把欺負的問題訴諸大眾，告訴大家學校放任不管……。」

但是，對方國中生的家長不但不道歉，還反過來威脅道：「我兒子的手腕被弄傷現在在醫院治療呢。我們也要告你們！」事情發展至此也沒什麼好說的。那三個人還是惡行不改用瞧不起人的態度竊笑。

而自母親親自開車接送佑介上下學之後，他在班上更加孤立了。

佑介又關在房間裡不肯出來，甚至說：「要我去學校的話我寧願從窗戶跳出去死掉。」母親怕佑介一個人在家想不開自殺，暫時請假陪伴他。

不過，佑介並沒有要傷害自己的意思，只是不知道要如何發洩自己的憤怒。被那三人欺負時無法自我保護的不甘心、在課堂上無法表達出自己想法的羞恥感，這些情緒怎麼有辦法壓抑下去呢。

放暑假前的兩個禮拜，父親突然從英國回來，帶佑介回鄉下爺爺的家。爺爺家全員集合，討論佑介的問題。他們想辦法要解決佑介憎恨學校、不肯打開心房的問題。

「向摩根老師請教看看吧。」父親如此提案。父親相當熟稔摩根先生的事。在他孩提時代，摩根先生上山打獵的回程時，總會和打獵的夥伴們順道來小林家坐坐。他考進東京的大學之後，陸續得知摩根先生曾在自己的大學執過教鞭及他退休後還繼續擔任西洋劍教練的事。

在那之後，他在留學的大學裡，還找到摩根先生論述海軍歷史的著作。他從小在山林圍繞下長大，非常愛好大自然，所以第一眼看到摩根先生畫的動植物插畫馬上就愛上了。不知不覺中，摩根先生不再只是「有些古怪的父親的朋友」，甚至是他熱烈崇拜的偶像。

佑介的父母親前去拜訪摩根先生，說出這一連串的始末，還有轉述被校長說「我們學校沒辦法應付你們家的小孩」的事。

「怎麼有這種蠢事！跟那種人沒什麼好講的！」摩根先生相當嗤之以鼻。

「你們聽我說，你們的兒子很聰明，不論是思考能力還是想像力都相當獨特。如果說佑介和學校的同學相處不來，那也是因為其他的小孩跟不上他的程度吧。就我看來，那孩子是天才呢！」

「您真的這樣認為嗎？」佑介的母親問道。

「這是當然的。我們得去找真正適合佑介的老師。那個人一定要能夠理解佑介的想法，而且給他接觸各式各樣事物的機會。」

佑介的父母兩人聽了不由得面面相覷，因為摩根先生說「我們」。

「我建議讓佑介在這裡的學校待一年，因為這裡的人從他祖父母那代開始就交往到今天，而且這裡環境又悠閒。」

母親開口說：「這地方有我先生孩提時代常去的空手道練習場，是該讓佑介學會保護自己。」

「的確，學防身術並不壞。如果他真的能了解到要對抗的對手不是他人而是自己的話，是能成為保護自己的力量。但如果只是以玩票的心態學武術的話，不但不能派上用場，反而招來危險。我切身地了解佑介被欺負的心情，這是真的，因為我小時候曾在英格蘭的學校遭受到嚴重的欺負。」

母親驚訝地說：「那邊也有欺負人的情形嗎？」

「到哪裡都有欺負人的事啊，這跟國家民族沒有關係喔，」摩根先生笑出聲來。「欺負的情形最糟糕的是，放任不管下去欺負會越來越過份。我十二歲時學校裡有一群胡作非為的不良少年。我那時又瘦小、講話又有威爾斯的怪腔調，馬上被那群人當活靶。他們對我不是打就是踢，還有把我的臉壓進馬桶後，從上頭撒尿後沖水，當時真的想說我會不會就那樣死掉。那些傢伙還曾經把我綑綁起來，把我的褲子脫掉，用香煙頭燙我屁股；或是把我全身剝光丟進全是刺的蕁麻叢中。不只這樣，還有更惡劣的欺負行為。那些傢伙會把欺負的對象帶進老師們平時不會經過的高年級休息室，強迫我們脫掉褲子趴在桌子上，然後從暖爐中拿出燒得火紅的鐵鉗在我們眼前晃，說『幫你烤成熱十字小圓麵包』。」

「熱十字小圓麵包是？」母親問道。

「是英國人在復活節時吃的甜麵包，上面有十字架圖案——他們的意思是在威脅說，要在你的屁股上燙個十字印喔。其實鐵鉗不只一支，另一支鐵鉗是浸在裝著冷水的水桶裡。那些傢伙把浸過冷水的鐵鉗壓在欺負對象的屁股上，同時把火熱的鐵鉗放到水桶裡。但不知道的人一聽到嘶的一聲，就以為自己的屁股被燒焦，大部份的少年都因此嚇得昏倒。」

「怎麼會有這麼過份的事！」佑介的父親聽了相當震驚。「被欺負的小孩不會跟老師或父母告發嗎？」

「不可能去告狀的，」摩根先生說。「當時男校裡的規則是，不管有什麼理由都要放在心裡。因為男人要堅強、要有『不輕易屈服的精神』。被老師用鞭子抽也是司空見慣，當時鞭子和皮繩可是學校教育裡不可或缺的道具。我聽你父親說，以前日本也是一樣是吧。」

「那麼摩根老師後來怎麼辦呢？」

「唔，我告訴你實情吧。」摩根先生靠著椅子笑道。「我因為害怕及憤怒而完全失去理智，拿著刀子在校園裡追著那群不良少年的頭頭跑。最後把那傢伙逼到教室的角落，就這樣往他身上一刺，」他指著腹部的側邊。「還好沒有刺中要害，不然的話，我現在應該也不在這裡了吧。」

「結果呢？」

「老師想盡辦法把我制伏住，帶到校長那裡。我刺傷的對象當時十六歲，而我才十二歲。校長馬上意識到這當中的緣故，但是對校方來說，欺負事件如果公開會損害學校形象，所以沒有把我退學，最後讓我轉學結束這件事。轉學後沒多久，我就考進英國海軍的士官學校。」

摩根先生直盯著滿臉訝異的佑介父母。「我會開始學西洋劍，或許就是因為那件事的緣故。」

他說完那句話，立刻又從腹部發出很大的笑聲。

6 森林裡的熊母子

佑介吃完午飯後馬上來找摩根先生。摩根先生手中拿著裝山菜的籃子及爬山用的枴杖說：「要不要一起去散步？」

多布和波西不停地狂吠，吵著說帶牠們一起去，但摩根先生不管牠們，直往前頭走。

不久，兩人走到森林的小徑，那裡是八年前被採伐的落葉樹混合林。摩根先生走走停停，摘取了許多山菜。路越來越窄小，就在進入栗樹林時，摩根先生突然停下腳步，對佑介做出個保持安靜的手勢。

「怎麼回事？」佑介問道。

「噓！」摩根先生把食指按在唇上，慢慢地往後退。他退到佑介身旁蹲下去，對著佑介耳邊悄聲說，你看那邊的樹上。佑介隨著指示的方向抬頭看去，不過什麼都沒有看到。但就在那瞬間，他從茂密的樹葉間看到黑色的團塊。

「是熊。」摩根先生小聲說，「兩隻小熊。」

佑介心臟噗通通地跳著。他再仔細一看，也發現樹上有兩個黑色團塊在蠕動。兩人慢慢的走回森林的邊界，找了一塊地面坐下，靠著佈滿青苔的大石頭。從這個地方也可以看到剛才的栗樹林。不過他們只看到兩隻小熊，並沒有看到母熊的身影。

「我們在這裡等吧，要安靜。」摩根先生用低沈、低音量的聲音說。

「會很可怕嗎？」佑介不安地巡視著四周。

「沒事的。」

過了不久，高處的枝椏上傳來樹葉磨擦的沙沙聲。是小熊在動。然後，就像回應小熊的動作似地，聽到一陣低吼。再過了一會兒，自彎曲竹叢的深處，出現了母熊的巨大身影。牠用後腳站立，鼻子到處聞。

「她正在聞我的味道。還好沒帶狗一起來。不管發生什麼都不要動喔。」

摩根先生提高音量呼喚著母熊。

「熊媽媽，是我。妳好，這是我的朋友，請妳不要擔心。」

「那隻熊聽得懂人話嗎？」佑介問道。

「她應該分辨得出音質的不同吧。」摩根先生回答。

母熊把在樹上的孩子們叫下來，朝佑介他們走來。牠們走到離兩人不到五十公分的地方停下來，像要咬住什麼似地張開下顎。佑介很害怕，不過摩根先生放在他肩膀上的大手掌既溫暖又可靠。

「不要直接看熊的眼睛，不要出聲。」摩根先生溫柔地說。母熊的喉嚨發出咕嚕咕嚕的低鳴，從兩人面前通過，好像在抱怨什麼似地。其中一隻小熊想靠近佑介他們，母熊立刻大發雷霆。小熊頭被重擊了一下，發出尖銳的叫聲，連滾帶爬地跟著母熊。熊母子離去約五分鐘後，摩根先生才拄起枴杖慢慢起身，並向佑介伸出了手。

「你做得很好。」

「我聽爺爺說過，帶著幼熊的母熊是最危險的。」

「沒錯，所以不能讓母熊受到驚嚇，也不能插進小熊與母熊之間。安靜地、什麼都不做就可以了。只要替母熊做一條逃生的通道，日本的月輪熊是不會傷害人的呢。」

摩根先生踏出步伐。

「你常看到熊嗎？」佑介問道。

「那是當然的，我們是好朋友呢。我最喜歡熊了。」

「你會餵牠們嗎？」

摩根先生停下腳步，轉向佑介。

「你聽好了，熊絕對不能吃人類的食物，你一定要記住這點。因為人和食物的氣味一混在一起，熊的腦袋就會記成『人＝食物』。之後熊一看到人就會靠近，這是非常危險的。通常習慣了人類餵食的熊會引發很多問題，這麼一來，熊就會被人殺掉。你想，這樣熊是不是很可憐呢？」

摩根先生用手中的枴杖指著森林的方向。

「這個森林雖然年輕，不過還足以供應熊食物。森林裡有香菇、橡實，還有栗子。熊很喜歡吃香菇喔。你爺爺奶奶去採香菇的時候，為了不要驚動熊，不是隨身都帶著收音機嗎？」

佑介點點頭。他之前一直以為爺爺奶奶是因為爬山寂寞，才會聽音樂。原來並不是那樣。熊如果突然遇到人會受到驚嚇，所以才故意發出聲響，事先讓熊知道有人在這裡，而且沒有傷害牠們的意思。

傍晚回到家之後，摩根先生說：「你今天遇到熊的事最好不要對任何人說，有些人光聽到熊就會緊張得不得了，就當作我們兩人的冒險吧。」佑介對摩根先生的話微笑點頭，表示同意。

接下來的一個禮拜，佑介和里香幫奶奶採小黃瓜時，爺爺比平時提早從田裡回來。

「你們兩個，想不想看熊？」

她們兩異口同聲說「想看」後，爺爺叫兩人上車。小卡車行駛的目的地是蘋果園。附近的農業道路上聚集了一小群人。三人從車上下來，走過去看發生了什麼事。聽說有隻熊掉進農人設的陷阱裡。

這種陷阱是由螺栓將兩個柏油桶連接在一起做成的，兩側用很厚的金屬板固定住。陷阱的一頭蓋子是打開的，裡面放了熊喜歡的蜂巢或沙丁魚罐。熊一進到桶子裡觸碰食物，蓋子就會立刻掉下、把熊關在裡面。

「不要太靠近！」

里香和佑介蹲下來，想從蓋子微開的縫隙中看熊，馬上就被制止了。從縫隙中看到的，就只有熊的黑眼睛。

「連續三個晚上養蜂箱都被熊搞得亂七八糟的，所以才拜託市公所做這個陷阱的，」蘋果園的主人對佑介的爺爺解釋道。「以前熊沒有惹這麼多麻煩哪，那些傢

伙原本不會從山上跑下來的。」

「那也是人跑進山裡砍伐森林的樹木，才讓熊的食物不夠。」爺爺回答。

「是啊，而且連原本沒有房子的地方，現在也蓋了一間間的別墅。從外地來這裡住的那些人，還無關緊要地把廚餘放在屋外呢。」

佑介想起他小時候最喜歡的「小熊維尼」。

「熊不是最喜歡吃蜂蜜嗎？」

「嗯，牠們愛死蜂蜜了，」蘋果園的主人回答。「牠們在很遠的地方就聞得到愛吃的東西的味道，只要一發現蜂巢還是養蜂箱，不吃得一乾二淨絕不罷休，每天晚上、無論如何都會跑回來。」

這次掉進陷阱裡的是一隻上了年紀的母熊。牠的一隻前足跛腳，或許以前曾經中槍過。

「我看牠是沒辦法再爬樹了。」市公所的人員說。

「這隻熊去年也在玉米田裡搗亂過，已經捉牠兩次了。為了讓牠怕人不再跑回來，之前捉到牠的時候用力敲柏油罐，還對著牠的臉噴灑辣椒。之後用麻醉槍讓牠睡著，在牠身上做記號送回山裡。但這次已經是第三次了，看來我們再幫牠是沒用的。雖然很不願意這樣做，但只能把牠槍殺了。」

聽到這些話，當地獵人的其中一人發出反對的意見。那人是爺爺的朋友。

「你看這隻熊，都瘦得只剩皮包骨了！明明已經是成年的熊，看起來還不到六十公斤吧。我建議連陷阱整個把牠運回山上去，用特強的辣椒噴灑。再怎樣這次牠也該學乖了。」

住在山裡的獵人們，比誰都厭惡熊以這樣的方式被捕捉而且被槍殺。因為他們認為熊終究要被捉的話，還不如冬天或初春等毛皮狀態好的時候再捕捉。

但是當中也有一見到熊就毫不留情槍殺的人。聽摩根先生說，那些人的目的是熊的膽囊，因為可以賣得高價。所謂的膽囊，是緊鄰肝臟的一個濃綠色小袋，把它小心地曬乾後，可以製成雖苦但很有療效的胃藥。而且熊的前腳是中華料理的高級食材，可以賣到好價錢。佑介一聽到許多熊是因為這樣慘遭毒手，相當地震驚。

「太可憐了，請你不要殺這隻熊，拜託。」里香懇求道。

爺爺把手放在她的肩膀上說：「這是沒辦法的。」

「但是這隻熊不是已經是老奶奶了嗎？」

「熊不過是害人的野獸，和水溝裡的老鼠差不多，這種東西殺了沒什麼可惜的。」一站在一旁的一個老人不屑地說。

佑介狠狠地瞪著那個老人。「會把熊逼到這裡找食物還不是人類害的！」

「你就因為自己的玉米田被熊搞亂了就要殺熊嗎？」剛才袒護熊的獵人說。

「你的玉米田從以前就一直是熊的通道，是你自己學不會教訓，每年還是在同一個地方種玉米。我可是再三地告訴你，要不就在田四周架電網，要不就不要種熊愛吃的農作物，你就是不聽。」

老人吼叫說：「哼，愚蠢至極！熊和人比是誰重要啊，我可是要生活的耶。反正熊一點用也沒有。」

「你自己還不是一樣！」佑介忍不住脫口而出，而大家都聽到這句話了。獵人爺爺聽到不停地大笑，佑介的頭卻被爺爺敲了一下。「喂，怎麼可以說這種話。」里香接著開口道：「佑介沒說錯啊。熊從很久以前開始就一直住在日本了。」

「我給過這隻熊兩次機會，下一次牠搞不好會攻擊人，事情要是變成那樣就為時已晚了。」市公所的人說。

那天傍晚，袒護熊的獵人爺爺來到佑介爺爺家。「那樣槍殺熊的做法和我的個性不合。真是的，想到就讓人不舒服。」他邊說邊把爺爺幫他倒的一大杯酒一飲而盡。

「我可沒帶肉來。那隻熊實在是瘦得可憐。那種不行，不好吃。」

「不過再怎麼說，那個年紀的熊，肉也硬了吃不下去的。」爺爺說。

「這附近有些傢伙嫌熊太多，但像我們進到山裡的人都知道，根本不是那麼一回事。比起我們年輕時候遇到的熊，現在的熊體型小多了，數目也減少了，我想也跟越來越多的近親交配有關吧。我看到有些熊的月輪圖案還長在奇怪的位置，現在的熊幾乎全有蛀牙。再這樣下去，我看或許這附近的熊要全部滅絕了。以前在冬天或初春捕到熊的話，可是要大肆慶祝的。對了，你還記得吧？我們年輕的時候，把熊的肝給了需要治病的病人，然後大家一起把肉瓜分的事。」

爺爺遞出杯子，示意再倒一杯酒。

「唉，還好這事沒被那個老外知道，還算好的。以那個老爺的個性啊，要是知道這件事一定不會善罷甘休。說不定把我們臭罵一頓之後，打電話去電視台或是在報紙上投書。」

「不，那個人很正派的。」爺爺說。「摩根老師平常也常說跟你一樣的意見，像熊生存需要落葉林，但林木局卻把楢樹、橡樹、山毛櫸、栗樹等一個接一個地砍伐。老師他以前也跟我們一起打獵，他和那些只會空喊『搶救大自然』的那群傢伙不一樣。」

原本安靜坐在一旁的佑介插嘴道：「摩根先生說，日本應該為這裡住著兩種種

類的熊而自豪。因為在英國，熊在幾百年前就絕跡了。而且有熊的森林是健康的森林，那代表裡頭住著各式各樣的生物，大家和平共存。」

獵人爺爺看著佑介點點頭。

「嗯，你說得沒錯。但我們日本人被一個外國人指點這指點那兒的，實在很不是滋味。」

佑介從爺爺的表情領會到不要繼續這個話題了。

「來，你去那邊幫里香和奶奶的忙。」

爺爺們還是繼續喝著酒，談論往事。

隔天，佑介去摩根先生那裡，轉述那隻中了陷阱的熊被槍殺的事，摩根先生聽了大大地嘆了一口氣。

「這三十年間，林木局把日本各地的自然森林一個接一個地砍掉，一些很美的落葉樹的原生林一下子全沒了。他們砍掉山毛櫸、楢樹、栗樹等落葉林，光是種杉木、檜木、唐松。熊就是因為食物來源一一被破壞，才會跑到農地來的。有一年光這個鎮上就有十三頭熊掉進陷阱被捕，結果在籠子裡被射殺了，連小熊也沒被放過，實在是太可憐了。」

「戰爭結束後，因為重建家園需要大量的木材，所以不得不砍樹的不是嗎？」

「對，但是原生林慘遭破壞的時期，是東京奧運之後的一九七〇年到八五年左右。由於政府的命令，原生林被大肆砍伐。」

摩根先生笑了出來。「從那個時候，他們就想把我這個囉唆的老外從日本趕出去吧。」

日本人當中，反對破壞自然森林的也大有人在，摩根先生不過是代表那些人發聲罷了。

那之後，從摩根先生那裡聽來的話，至今仍留在佑介的心裡。

「我曾經有個好朋友，雖然他現在已經過世了。他是火箭工學的專家，過去常常對我說，在人類解開熊冬眠的祕密之前，是不可能去到其他星球的。到了宇宙，人類馬上就會失去體重，體力也會沒了。但是熊即使長時間冬眠，肌肉也沒有消耗，骨頭及內臟一點損害也沒有。」

佑介想起在森林裡遇到那群熊母子時，自己的心臟跳得有多快。

摩根先生說：「我祈禱上次在森林裡遇到的熊母子，今年可別去玉米田才好。」

7 享受釣魚樂

杉田政男會和佑介成為朋友，是因為母親教他「要和佑介好好相處喔」。剛開始，他覺得和自己完全不同典型的佑介，根本是個無可救藥的傢伙。

政男的爺爺是這個地區獵友會的會長，和佑介的爺爺是老交情。他父親經營一家小規模的建設公司，也會操縱大型機械。

政男的體型遺傳自父親，身材魁梧、皮膚被太陽曬得黝黑。

佑介討厭學校這點跟自己一樣，但他對運動沒什麼興趣，一有空就坐下來讀恐龍、化石、昆蟲的書。但對政男來說，佑介也不是完全沒有可取之處。政男告訴他鳥的名字或住在山裡的動物的巢穴時，佑介非常認真地在聽；而且政男也很高興佑介對自己最喜歡的釣魚開始感到興趣。

擁有越野車的兩人有時會一起前往溪流垂釣。每當政男釣起鱒魚或岩魚時，佑介立刻就發出歡呼聲。

「小佑，你知不知道岩魚在洪水來臨的時候，怎樣讓自己不被沖到河川下游嗎？」

「躲在大的岩石底下嗎？」

「這是當然的。但是可不只這樣喔。岩魚會吞進小石子讓自己的體重增加，等水退了以後再把石頭吐出來。」

「真的嗎？你是怎麼知道的？」

「洪水過後馬上去釣魚就知道啦。岩魚的肚子裡塞滿小石頭還是什麼的，可重的呢！」

「ㄟ！那樣說來，摩根先生的池塘裡有很多鯉魚喔。」

「你為什麼知道？」

政男吃了一驚，因為他聽說摩根先生是個很恐怖的老外，看到人就揮舞他的拐杖把人趕走，而且這些傳言似乎也不是瞎編的。據說摩根先生對那些悄悄潛入他家、企圖偷走像蘭花那種貴重植物的傢伙大發雷霆，不知從什麼時候開始，一提到摩根，就讓人聯想到可怕的大塊頭男、家裡擺滿刀械、還養了兩隻兇猛猙獰的狗。但是，摩根先生絕對不會趕走只拿自己所需的糧食的當地人。這之中也有人不理會謠言，好幾個老奶奶常來摩根先生的土地上摘山菜。摩根先生看到她們的時候，總是禮貌地脫帽打招呼。

「摩根先生說，不論什麼時候，只要想釣魚的時候都可以去喔。不過和他約定好，釣到的魚一定要給他看。」

「可以進到他的領地嗎？」

「只要去找他跟他說一聲就可以了。好啦，我們一起去摩根先生的池塘釣魚嘛。」

「好，不過去之前得先捉夠肥的蚯蚓才行。我們準備好空罐子，去小佑你爺爺的堆肥堆挖蚯蚓去。」

兩人提著裝了半罐蚯蚓的罐子、兩根釣竿和竹編的魚簍，來到摩根先生家。佑介跟摩根先生打招呼、拜託讓他們釣鯉魚之時，政男因為有些害怕那兩隻狗，不吭一聲地站在一旁。

「沒問題啊！等會兒要讓我看你們捉到什麼，因為我都有在記錄池子的狀況。你呢，叫什麼名字？」

「我叫杉田政男。」

「杉田？你是神槍手杉田的孫子？」

「對。」

「你爺爺還好嗎？」

「他很好。」

「我想也是。他最不缺的就是活力了，就算他老大不高興的時候。」

摩根先生說完後笑了出來，政男搞不清楚究竟是哪裡不對勁。

「等會兒再來我家喔！」摩根先生說。佑介他們把腳踏車放在屋外的一邊，朝森林裡池塘的方向前進。

兩人找到一塊野草茂盛的田埂上坐下，直盯著小小的浮標。周圍的森林不停傳來小鳥及青蛙的鳴叫聲，好幾隻蜻蜓在水面上飛舞著。就在這時，佑介的浮標有動靜了。他「哇」地大叫一聲，慌慌張張地捲起釣魚線。

「是鱒魚。」政男說。它的身體由小小的鱗片所覆蓋，發出美麗的銀色光芒。

「好小喔。」佑介猶豫要不要把它放回水裡。

「我爺爺的話，一定把它劈開來煙燻，很好吃的喔，還是先留起來。」

佑介把鱒魚從釣鉤上取下，放進鋪著冰涼的款冬樹葉的魚簍。佑介一直盯著政男怎樣把蚯蚓掛在釣鉤上。

接下來的一個小時，兩人釣到了十幾隻鱒魚和兩隻鯉魚。話雖如此，其實每一隻都是不到二十五公分的「小東西」。政男漸漸著急了起來，因為他想釣一隻大條的鯉魚回去給爺爺當禮物。

「這些小傢伙我看就放了吧。」政男說。

「可是釣到的魚得給摩根先生看才行。」佑介回答。

「也是。而且小雖小，鯉魚的鹽烤可好吃了。」

政男一邊說著，又再度把釣魚線放進水中。這時，水面突然浮出相當漂亮的背鰭。那隻比鱒魚還大很多的魚，勇猛地要把蚯蚓從釣鉤上啣下。

政男急忙從工具箱中抓出誘餌，把原先的浮標和釣鉤取下，換上誘餌。他把誘餌用力地朝對岸拋過去，再慢慢地收起釣魚線。

佑介完全忘記釣魚這件事，怔怔地看著政男的一舉一動。政男把誘餌拋出再收回，這樣的動作大概反覆了二十幾次。終於，魚上鉤了。他和魚搏鬥了五分鐘之久，終於把獵物拉進岸邊，單手抓著魚線，一口氣把魚從水中釣起。那是一隻體長超過四十公分的大魚。它漂亮的背鰭明顯地裂開，前頭的部份蹦出如長長的骨頭的東西，那個前端像針一般地突起。而且它的嘴巴非常大，突出的下顎一直裂開到眼球下方。

「這是什麼魚？」佑介問道。

「大口黑鱸，又叫加州鱸。」政男小心翼翼地抓住魚鰓，把萬能小刀像用螺絲起子似地，將深深嵌進魚喉嚨裡的魚鉤挖起來。

「這隻魚也要留著嗎?」

「不，日本人是不吃大口黑鱸的。我和爺爺在水池釣到大口黑鱸的時候，都馬上放生。為了保護大自然，當然要做到「逮住及釋放」（catch and release）政策囉。」

「但我還是覺得給摩根先生看一下比較好。」

聽了佑介的話，政男聳聳肩膀道：「OK。」話還沒說完，政男已經用棒子敲了鱸魚的後腦勺，給它致命的一擊。

「雖然很想釣條大隻的鯉魚，但我看今天是沒辦法了。鯉魚是最聰明的魚，只要稍稍驚動它，根本就不可能靠過來。」

政男嘴裡這麼說，還是把誘餌放到池裡。「不過，算了。釣鱸魚也很有趣，那些傢伙什麼都吃。」

接下來的一個小時，佑介釣到了幾隻鱒魚和一隻體長三十公分左右的鯉魚；政男則又釣起一隻大口黑鱸。

兩人回到摩根先生家時已經是傍晚四點左右了。大門前的車道上停著一台車牌號碼是東京的白色轎車。佑介注意到是自己家的車。他想起前一天晚上父親打電話來，說回英國之前要再來看看自己。

兩人繞到後門，摩根先生出來迎接他們。父親也隨後進到廚房，看到佑介一把將他抱住。

佑介心想，父親越來越洋派了，雖說他打從心底尊敬父親，但這種做法實在有些令人難為情。

「怎樣，捉到魚了嗎？」

摩根先生笑著問佑介他們。政男打開魚簍的蓋子，魚簍中鯉魚還在活蹦亂跳。

「Well, I'll be damned!」（我的老天爺！）摩根先生用英語說完，這次換用日語問到：「這隻鱸魚也是在我家池塘捉到的嗎？」

「是政男在中央有個小島的大池子裡捕到的。」佑介回答。

「是誰把它放進我池子裡的，真是過份！」

「呃，我們做錯了什麼嗎？」佑介被摩根先生突如其來的震怒嚇到，趕緊問道。

「不，你們做得很好。這種大口黑鱸要是進到池塘裡，蝌蚪和蜻蜓卵還有其他生物都會遭殃的；如果它從池塘逃到這附近的小河裡，河裡的岩魚也會被吃掉。我竟不知道這些傢伙在我的池子裡。從現在開始如果捉到鱸魚，一隻我給賞金一百日圓。」

佑介兩人面面相覷。政男今天在短短二十分鐘內就捉到這兩隻大口黑鱸了。

「你們要不要吃大口黑鱸？」摩根先生問政男。

「才不呢，這種東西我們才不吃呢！」政男搖搖頭。

「為什麼？鱸魚也很好吃喔。」摩根先生從魚簍裡抓出鱸魚，放到流理台旁的砧板上，把油倒進鍋裡後點火。接著用一把大菜刀把鱸魚切成三塊，最後再用手小心翼翼的把它的皮剝掉。「這種魚很好動，所以肉很結實。但是它身上都是寄生蟲，生吃的話很危險，所以還是要熱過再吃比較好。」

摩根先生把馬鈴薯細切成好幾塊，為了試油的溫度，他先放了兩塊下去，等聽到滋的一聲後，把剩下的馬鈴薯也全部倒進鍋裡。馬鈴薯在油鍋裡炸的時候，他把麵粉和冷水倒進碗裡準備炸天婦羅的麵衣。

不一會兒，炸馬鈴薯和金黃色的炸魚就完成了。摩根先生在上面輕輕撒了鹽和醋，把盤子端到桌上。

「來，大家來嚐嚐，這是傳統的英國料理——fish and chips。請用。」

佑介的父親說，這是他很愛吃的料理，既便宜又好吃，他在威爾斯常常吃。據摩根先生說，以前英國的鎮上到處都有fish and chips的店，也有人把剛炸好的fish and chips用報紙包著帶走，在路上邊走邊吃。

佑介和政男吃了，也覺得炸鱸魚的確很好吃。大家一邊吃著，摩根先生和佑介的父親一邊在講關於大口黑鱸的話題。

他們說日本各地因為美國產的大口黑鱸被隨便放生，像胡瓜魚等日本原產的魚慘遭重大災害。大口黑鱸連產卵在水中的蜻蜓都吃，有些地區的蜻蜓幾乎滅絕了。

「對大口黑鱸絕對要做到『逮住及吃掉』（Catch and eat ＝ 抓到就吃掉）。」

摩根先生又再次對佑介他們承諾，從現在開始每捉到大口黑鱸就給他們零用錢。

吃完飯後，摩根先生走到庭院向佑介他們招手。

「你們想不想拿剛才釣到的小鯉魚，換更大條的鯉魚呢？」

他們走出屋外，看到屋子旁有個岩石圍住的池塘。

摩根先生說聲「請」，把一根握把很長的網子遞給政男。清澈的水面下，游著約十隻的大鯉魚。政男在第三次拉網時，漂亮地將鯉魚撈起。圓胖胖的身軀及綠茶色的魚鱗在陽光下閃閃發亮。

「你回到家以後，不要說這隻鯉魚是我給的，要說是你自己捉到的喔，知道嗎？」

佑介想，不知道為什麼摩根先生要這樣強調。父親和摩根先生都露出詭異的微笑，但政男卻非常正經的點點頭。

「我常常用投網捕鯉魚。捉到比較大隻的，就像這樣先暫時放到池子裡。這樣一來，可以去掉附在鯉魚身上的泥濘臭味，魚會更美味。在英國，教會還嚴禁禮拜

五吃肉的時代，就常吃鯉魚呢。」

「我不知道那裡也吃鯉魚。」佑介的父親說道。摩根先生轉向佑介他們。

「你們喜歡鯉魚對吧？」

「對！」

「最喜歡了！」

「以前英國的修道院裡曾經有專門養鯉魚的池子，他們拿啤酒糟餵鯉魚。但城堡則是把鯉魚養在護城河。護城河其實是下水道，也就是說人的排泄物也流到裡面，裡頭的鯉魚吃那些堆肥所以長得很大隻。」

「以前的人吃那些鯉魚嗎？」

「特別是戰爭的時候吧。」

「好噁心！」

摩根先生還告訴他們，德國在聖誕節時有吃鯉魚大餐的傳統，中世紀歐洲也曾養過鯉魚。

首先在田地裡挖一個淺池，把鯉魚放在裡面，用小麥渣滓作飼料餵養幾年。最後把池裡的水抽乾，把魚取出，就這樣放置一兩年。之後那塊地會因為鯉魚糞的養份而肥沃，草會長得很好。而且因為是窪地，可以替草擋風。而有草的地方牛自然會群聚而來，這樣一來，牛留下大量的牛糞，正好可以做田地的肥料。等到下次田地引水時，可以當作鯉魚飼料的珪藻類和浮游生物會大量繁殖。這就是先人們不破壞自然、又可以永續經營的智慧。

「以前人的智慧實在很了不起，很可惜到現在已經幾乎完全被遺忘了。」摩根先生說完，深深地嘆了一口氣。

政男回到家以後，馬上把鯉魚交給母親。母親很高興地大展手藝，晚餐做了爺爺愛吃的、湯頭濃郁的「鯉魚羹」。全家人一起吃晚飯時，父親開口問道：「這鯉魚是打哪裡來的？」

「從摩根先生家的池子撈的。」政男誠實地回答後，父親及爺爺頓時停下碗筷。

「你偷跑進去的嗎？」父親問。

「才不是呢！我和佑介一起，是有得到許可的。摩根先生說，只要把釣到的魚給他看，不論什麼時候都可以去釣魚。而且他還說，捕到大口黑鱸的話，一隻給一百塊零用。我今天捉到兩隻，他看了很驚訝，說不知道自己的池子裡竟有大口黑鱸。他說，一定是誰偷偷放到他池子裡的……。」

「別靠近那個瘋老外！」爺爺很不高興地打斷政男的話。政男的父母親面面相

覷，不發一言。

「他是個好人耶，」政男說。「他招待我們進他家裡，還請我們吃炸魚和茶點。他很親切的，佑介他爸爸也一起呢。」

「夠了，你不准再去了。」爺爺完全不容分說。

「但是，為什麼……」

「不准頂嘴！」父親大聲斥喝。

「要不要再來一碗呢？」母親要拿爺爺的碗再盛，被爺爺按下了。

「不用，我不想再吃了。」

「我還要再一碗，這個這麼好吃。」政男嘴裡這麼說，但心裡起了疑惑，不知道爺爺和摩根先生之間，究竟發生了什麼事？

8 猴子與溫泉

看到政男的父親手上提著日本酒及蘋果來訪，讓摩根先生相當驚訝。

「杉田先生，歡迎！好久不見。你兒子前陣子來我家釣魚呢。他真是一個很有禮貌的好孩子。來，請進。」

政男的父親一臉困窘的表情，把手上的謝禮遞給摩根先生。

「謝謝你的鯉魚。這日本酒是我父親的心意，還有這是我們家種的蘋果。」

摩根先生的表情豁然開朗。「謝謝！但是不需要做到這樣，鯉魚我們家很多。」

政男的父親垂下眼，低下了頭。

「謝謝你的好意，但我已經叫我兒子不准再來這裡了。你也知道，我父親是那麼頑固……。」

「他那一點還是沒變啊！」摩根先生歎了口氣。「那也沒辦法。不過你都專程來了，酒和蘋果我就收下了。」

摩根先生目送政男的父親回去後，回到屋子裡。他往安樂椅上坐下，抬頭看過世的妻子的肖像畫。摩根先生和杉田老人的爭執，已經是二十年前的事了。那時摩根先生還是獵友會的成員。

爭吵的開端，是因為獵友會的人打中獵鷹而引起的。獵鷹是很漂亮的鳥，不過由於數量稀少，在法律上是禁止獵殺的。然而打中獵鷹的人卻說：「我要把它做成標本，擺在自己的民宿當裝飾。」摩根先生很生氣地說「不可以做那種事」；那個人卻說「不過是隻鳥罷了」，對摩根先生的話嗤之以鼻。結果平時打到野兔就一起喝酒慶祝的同伴之間，馬上被一種快要打起架來的緊張氣氛所包圍。

杉田老人介入想做調解，摩根先生說：「打獵鷹是獵人的恥辱，如果你要睜隻眼閉隻眼的話，我也有我的打算。」就這樣，摩根先生的態度非常強硬，馬上去報了警，連續好幾天催促警方說「快點做處置」。警方拗不過他囉唆的催促，搜查了標本師傅的家，把還未完成的獵鷹標本沒收。

打中獵鷹的那人，不過是被當地的警察稍微警告了一下，並沒有受到什麼責

罰。事情到此看來是告一段落，但這次換杉田老人大為動怒。因為他覺得摩根先生沒有跟自己商量就報警，害他這個獵友會會長的顏面掃地。

也因摩根先生打電話給當地的報社，讓這個獵鷹事件成為報紙的新聞，後來甚至登上全國性的報紙。村鎮的名字上報對獵友會來說是奇恥大辱，會長杉田老人也因此必須把打獵鷹的那人除籍，立場上十分為難，原因在於那人正好是他們家的親戚。

「你不幫自己人，難道要挺那個老外？」杉田老人甚至被妻子這樣責怪。

因為這件事，摩根先生說「我的土地及森林不准人來打獵」，在他的土地四周立了「禁獵區」的牌子。他覺得有錯的是那個觸犯法律、獵殺保育鳥類獵鷹的男人，自己不過是行使正義罷了。

從此，摩根先生與杉田老人就這樣反目成仇。

摩根先生自妻子過世之後也不再打獵，把槍枝交給了警察。佑介的爺爺原本很期待能夠一起去打獵，對摩根先生不再打獵的事感到非常失落。摩根先生是有名的射擊好手，是一起上山最好的夥伴。

旅行日本各地的摩根先生，每在下榻的旅館大廳看到動物標本就非常生氣及悲傷。特別是看到小熊或小山豬，或是像貓頭鷹及翡翠鳥等保育鳥類被做成標本展示時，更是憤怒地無法抑制。

他雖然很喜歡日本，但他覺得日本在自然保育上還差得很遠。

話說到這裡，其實摩根先生有一個兒子，他兒子在加拿大擔任野生動物保護官員。他的工作是進入國家公園或州立公園巡邏，取締偷獵熊及雄鹿的盜獵者，是個搞不好會賠上性命的危險工作。加拿大的人口只有日本的五分之一，然而國家公園的監察員據說有四千人以上。和加拿大相比，日本的監察員卻僅有一百三十人，這對一個先進國家來說是件相當可恥的事。摩根先生的看法並沒有錯，但是他太明白地指出「所以日本這樣不行」，令許多人對他的說法強烈不滿。

等到摩根回神時，波西正來到他的身旁，把前腳放在他的膝蓋上。波西彎著頭，好像在解讀摩根先生的心情似地，一直看著他的臉，接著小聲地吠了一聲。

「好好，我知道該吃晚飯了對吧。」

摩根先生說完，多布也似乎在答話似地「汪！」的叫了一聲。摩根先生走到廚房，在兩個盤子裡盛飯及淋上湯，從鍋子裡挑出骨頭來放在飯上。狗兒們一直盯著他的動作瞧，好像等不及似地不停地擺動尾巴。

「好了！」

得到摩根先生的許可，兩隻狗開始狼吞虎嚥地吃了起來。

他走到客廳，拿起平底無腳酒杯，倒進蘇格蘭威士忌。在他要把酒瓶放回架子上時，突然留意到酒瓶上的標籤。這瓶酒是朋尼維山釀造廠出廠的。

朋尼維山！是蘇格蘭最高的山。

這個名字喚起了他往昔的回憶。新婚燕爾，他和妻子一起去蘇格蘭的情景，好像昨天才發生的事一樣鮮明地印在腦海裡。

他們在半山腰發現紅鹿群，還有看到如紫色的絨毯般平鋪的歐石南草原時，她彷彿少女般雀躍不已。就在那之後，他看到高空中悠然畫著圓弧的兩隻金鵰。頭頂天空湛藍，只有一絲絲、像筆劃過的卷積雲匍匐在青空上。年輕的摩根先生和妻子手牽手，快樂地唱著蘇格蘭的歌謠。

從那時候到現在，已經過了將近四十年的歲月。他身邊除了兩隻狗以外沒有其他陪伴的人，一個人獨飲著威士忌，邊哼著往日的歌曲。他已經老了，歌聲也沙啞了，就只有對天國的妻子的回憶，一點也沒有改變。

啊，好想再見她一面！

就在這時電話響起，摩根先生從椅子上站起來。

「喂。」

「摩根老師，我是小林、佑介的父親。抱歉打擾您了。」

「不會，我剛才不過是在喝點威士忌罷了。佑介好嗎？」

「他很好。其實我後天就要回東京了，明天計劃帶著兒子去兜風，不知道您願不願意同行？我想偶爾泡泡溫泉也可以轉換一下心情，所以冒昧地邀請。」

「謝謝你想到我。那你們幾點出發呢？」

「我打算十點左右出發，預計晚上七點回來，所以要不要也一起在我們家吃晚飯呢？」

「那我就不客氣打擾了。真的很謝謝你的邀請。」

隔天早晨，佑介及父親開車接摩根先生，多布和波西留在家裡看門。

他們要去以棲息野猴著名的地獄谷溫泉。

佑介兩年前也曾經去過地獄谷溫泉。那時候還有殘雪，露天溫泉裡只有佑介他們的人影。不過溫泉裡還有其他的「客人」，是猴子一家也在享受溫泉呢。

他還記得和猴子一起泡溫泉，不知怎的有些難為情。對方全身覆蓋著毛皮，但自己卻是全身光溜溜的。

今天很幸運，溫泉裡並沒有猴子的身影。或許像現在這樣暑熱的時期，沒有泡溫泉的必要吧。不過猴子沒泡溫泉，倒是群聚一起在四周跳來跳去。

「啊！日本的溫泉最棒了。」

摩根先生在溫泉中一邊伸展他的長手長腳，輕輕地噓了一口氣。他身材高大，但瘦到全身都是骨頭。

「是啊，我在威爾斯的時候也是很想念日本的溫泉呢。」佑介的父親說道。

「唉呀，我也有同感。我小的時候固定星期六晚上一定要泡澡。我父母親洗完才輪到我，因為他們都在澡盆裡面抹肥皂，我進去泡的時候全身不舒服極了。」

他們兩人一直在談論泡澡的事。佑介已經熱得受不了了，血氣直衝腦門的他從溫泉裡爬起來，喝冰涼的可樂稍微喘息。這時立刻有兩隻猴子跑過來，其中一隻一下子就把一包仙貝攫走了。

「喂！」佑介急著要跑去追，但另一隻身體較大的猴子咧開嘴向他吼叫。溫泉旅館的男人跑出來，拿掃帚把猴子趕走。

「不要去追猴子，那可是很危險的。牠們的體型雖然只有你的一半，但力氣可大的呢！」

佑介的父親及摩根先生這時也從溫泉起來，馬上點了冰啤酒。佑介告訴他們剛才仙貝被猴子搶走的事，父親聽了邊笑著邊說：「我聽屋久島的朋友說，有一戶人家，二樓的窗戶沒關，猴子從那裡跑進家裡，很大方地坐在桌子上吃起橘子來。很可憐的是，那家的太太眼睛不好，誤以為那隻猴子是她先生，還特地端茶出來。但就在她把茶碗放到桌上的那瞬間，那隻猴子露出牙來立刻飛出窗外。」

「不過猴子真的是個大問題呢。」摩根先生表情認真地說道。「日本在這十年間，每年約有六千隻猴子因『驅除有害野獸』的名義被殺。光是長野縣，據說每年就有一千隻猴子被捕。」

「什麼？好可憐喔！」佑介不由得叫出聲來。

「沒辦法。被猴子襲捲的農田及果樹園，損失可是達到好幾億日圓；而且猴子也漸漸習慣了人類，跑到人住的地方。」

父親也說：「野生動物就是應該讓牠們自食其力、放著不要去管才對。人類不應該餵食牠們的。」

「除了殺掉牠們之外，像嚇走牠們之類的，難道沒有其他解決的方法嗎？」

「猴子很聰明的。你就算用鐵絲網圍住農作物，牠們就是有辦法從伸展出去的樹枝越過鐵絲網。如果用狗看著，牠們會派一隻猴子引開狗的注意，其他同伴再趁這個空檔偷水果。不管用什麼手段，猴子就只有剛開始的時候會怕，過不久牠們馬上就習以為常了。結果猴子真正會怕的就只剩拿著槍的人而已。但是，不是特定的地方，開槍是會觸犯法律的，大部份的獵人都不喜歡打猴子。再怎麼說，猴子跟人很像的啊。」說完這些話，父親搖頭嘆息。

雖然有那場猴子的騷動，但因為悠閒地泡過了溫泉的緣故，三個人的心情都相當舒坦。不過，在回程的車上，父親的表情卻突然嚴肅了起來。

「佑介，這裡的學校你待得下嗎？」

「嗯。」

「我聽你爺爺說，你已經交到朋友了對吧。但是這裡沒有補習班可以讓你上，你自己要好好唸書喔。」

「補習班無所謂啦。」佑介說。

「學校老師怎麼樣？」

佑介聳聳肩。

「大家人都很好呢。政男人很有趣，東京的小孩不會的事他什麼都會喔。」

坐在車後座的摩根先生探出身子說道：「佑介已經交到了四個朋友：政男、我、還有波西跟多布，還不賴吧？」

「是啊。所以爸爸你不用擔心，我在這裡沒問題的。這裡的學校比東京的學校好多了。」

「你母親說，你不在她很寂寞呢。」

「真的嗎？媽媽她不是總是在忙工作嗎？」佑介的語氣裡有些責備的味道。

「佑介，你知道嗎，工作完疲憊地回到家，家裡卻沒有一個人的時候是很寂寞的。」

「嗯。」

從明天開始，佑介和父親又有好幾個月不能見面，但是他努力抑制悲傷的心情。

摩根先生向佑介大大的眨了一下眼，笑眯眯地說：「佑介，怎樣，要不要當彼此的老師啊？我教佑介英文，佑介教我正確的日文，平等互惠。」

「摩根先生的日文根本就已經完美無缺了啊。」

摩根先生對佑介說的話笑出聲來。「朋友之間是不需要恭維的啦！」

那晚，佑介得到特別許可可以熬夜，一起加入大人們的聚會。他們一連講了各種話題及笑話，怎麼聽都不會厭倦。特別是摩根先生火力全開，講了許多佑介爺爺過往的事蹟炒熱氣氛。

「你還記不記得我們留宿山上小屋的事，那時不是有個燒炭的被爐嗎？你的襪子被火燒著了發出臭味，我可是生平第一次聞到那麼臭的味道，鼻子整個都要歪掉了！」

總之，他們的談話就是這種感覺。

夜也深了，佑介的頭一靠到枕頭，馬上就沈沈入睡。

9 助熊逃跑

「聽說又有熊被捉到了耶。佑介，我們去看好不好。」

佑介接受政男的邀約，兩人爭先恐後似地快速踩著腳踏車。

那隻熊聽說是在玉米田的邊緣被捉到的。熊連續幾個晚上侵犯田地，在田地四處留下大窟窿。因為熊笨重的身體一坐下來，就把玉米梗推倒、吃美味的玉蜀黍，在長到跟人差不多高的玉蜀黍田中，就只有那些地方禿了一塊一塊的。玉米田邊，新的熊糞堆成一座小山，裡頭還混著黃色的東西，看來是沒有消化的玉米。

「你們看到了吧？」田地被熊肆虐過的農人說。「那些熊把我辛苦養大的玉蜀黍吃得亂七八糟的，到頭來一半以上都當糞便排出來。看牠會得到什麼報應！」

掉進陷阱的熊，身體瑟縮在欄杆的一角，看起來相當害怕，但是當不知道是誰家的狗衝上前朝牠吠叫的那一瞬間，熊突然發出巨大的嚎叫聲，用前腳踢打欄杆。受到驚嚇的人們，驚叫聲此起彼落。

「快把那隻狗帶走！不要刺激熊！」政男的爺爺生氣地說。

「那隻熊會被怎麼處置？」佑介問道。

「大概會被槍殺掉吧。」政男聳聳肩說。

「住這附近的人，因為田地被熊大肆侵襲，聽說都不斷打電話到市公所和獵友會，催促說快把熊殺了。」

「但是，不是說有哪間大學的教授在研究熊，在捉到的熊身上裝上設有發訊器的頸圈，可以追蹤熊在山上的行動嗎？」

「嗯，我爸和爺爺也跟那個教授談過呢，不過我爺爺說那個方式行不通。」

「為什麼？」

「如果使用發訊器的話，等於特地告訴外地的獵人熊出沒的地方，因為只要有追蹤裝置，馬上就可以知道熊的巢穴，這樣一來我們的熊不就輕易地被抓走了嗎。」

佑介聽了以後想，這不是人類應該好好管理保護的事情嗎，不過他沒有再多說話。

有人問政男的爺爺問題，他回答：「這隻熊大概是三歲左右的年輕公熊，離開母親大概不到一年吧。」

那隻熊的胸前有白色的月亮圖案，耳朵既圓且薄，牠黑色的鼻子和多布有點像。熊的眼睛小小的、黑黑的閃著光芒，看起來非常悲傷。

「希望牠不要被槍殺。」佑介說。

「你說什麼？牠把田弄得一塌糊塗的，難不成還放牠走不成。」聽到佑介的話的農人說。

「反正一個城市的小孩怎麼可能了解田野人的心情。這隻熊可是偷走了我們討生活重要的農作物耶！」

「那也是人先把樹砍倒，奪走熊重要的森林不是嗎？」

佑介忍不住還口，農人直瞪著他說：「哼，你就是那個跟在老外屁股後面的小鬼吧？我告訴你，我們日本人才不是那種膽小鬼，熊是害人的野獸！」

「請你不要那麼說。」有人抱不平。說話的是這裡學校的老師。

「大家都教你要在田四周設電網，你為什麼都不聽勸呢？」

「你不是我們老百姓，懂什麼！」

就在大人們爭吵不休之中，佑介和政男離開吵鬧的圈子。

「你覺得呢？」佑介問道，政男踢著小石子聳了聳肩。

「我覺得只要熊沒有做壞事，放著不要管牠們就好。我爺爺和爸爸說，只要讓熊得到教訓，用辣椒噴霧讓牠們害怕，再放回山裡就好了。我媽也說應該要多了

解熊的事。但是大家來找爺爺的時候，總是叫他做處置。佑介你還不了解這裡的人吧，大家都非常頑固。而我呢，是喜歡熊的。」

「那隻熊一定會被殺掉嗎？」

政男沈默不語。大人們或許打算槍殺那隻熊。佑介的腦袋裡滿是熊的事。他剛才和那隻熊四目相對時，感覺那隻熊好像在對他訴說什麼——如果我被關在那種籠子裡會是什麼感覺？聞到可口的蜂蜜的香味，忍不住一靠近，結果竟然是陷阱。等回神時，已註定被殺的命運。森林、自由，明明在伸手可及的地方……。

坐立不安的佑介，騎著腳踏車往摩根先生家前進。摩根先生聽完這件事，深深地歎了一口氣。

「我的心情跟佑介完全一樣，只要多做一點努力，熊根本就不用被殺。譬如說在田邊設電欄，或是種熊不吃的農作物，還是花更多經費在熊的研究及保育上。這幾年下來我都在講一樣的話，已經很累了，沒人把我這個老外國人的話當一回事。」

摩根先生敲了一下佑介的膝蓋。「你別在意，這不是你的錯。」

但是佑介的腦中，還是不斷地浮起剛才那隻熊悲傷的眼神。

晚飯後佑介偷溜出門，他想再跟那隻熊見一面，告訴牠「對不起沒有幫上你的忙」。

佑介到了田地，把腳踏車藏在玉蜀黍之中。他悄悄地接近籠子。周圍沒有其他人，只有熊呆立在那裡朝著他看。籠子旁有一台小卡車，是政男爺爺的車，一定是搭政男他爸爸的卡車一起回家的吧。

他往小卡車車內一瞧，地板上掉落著一大串鑰匙。或許是政男的爺爺忘在車裡的。佑介留意到，其中一個是開南京鎖的鑰匙。

是那個籠子的鑰匙！他心裡想，手便自動地動了起來，彷彿另一個人跑進身體裡操縱自己的感覺。他拿鑰匙打開籠子的門後，把整串鑰匙丟到玉米田中。

佑介把放在小卡車車床上薄板的一頭架到籠子上後，熊低鳴了一聲。他接著打開門閂、站到薄板上慢慢地拉起籠子的門。接著就在門開起來的瞬間，他立刻往後面跳下、朝小卡車跑去，在車中靜觀其變。

熊緩慢地爬出籠外，鼻子微微嗅了一陣後，突然間加速衝出玉米田，消失在森林盡頭。

佑介到現在才知道害怕，不敢回到籠邊。他急急忙忙跳上腳踏車逃回家，躲在被窩裡發抖。

隔天吃早餐的時候，爺爺說：「昨天捉到的熊，不知道是誰把牠放了。那邊現在可是一團混亂，警察跑來問學校那位年輕老師話，杉田家的老爺也說要去問摩根老師。大家都非常氣憤，至少表面上看起來是這樣的。」

佑介整個人僵住了。奶奶看著他的臉問道：「你沒事吧？臉怎麼像鬼一樣蒼白！」

佑介推說還有功課要做，躲回自己的房間裡。他聽到樓下爺爺奶奶講話的聲音。

「妳一句話都不要多說，知道嗎？」

「可是，怎麼會發生這種事呢。他還只是個孩子！」

「妳就算被誰問話也什麼都別說，了解嗎？」

「嗯，」奶奶回答。「不管怎麼說，就我所知道的，昨晚那個孩子是一直待在家裡的。」

「沒錯，他一直待在自己的房間。」

佑介怕得不得了。搞不好他們會把自己送到少年看守所，這一生都不讓他跟父母見面……。他一想到這裡，實在很想大聲哭泣，但心裡的另一個自己卻很驕傲地喊道：「幹得好！」

過了不久，爺爺走進佑介房間，關上房門問道：

「佑介，你別對我說謊，是不是你讓熊逃跑的？」

佑介點頭後，爺爺非常生氣地搖頭。

「笨蛋！你知不知道弄個不好你不只是會受傷，還會丟掉性命的！不可以小看熊的力量，沒有比熊更危險的動物了。你做的事不但危險而且大錯特錯，是犯法的。」

佑介鼻頭一酸，眼淚忍不住掉下來。他哭不是因為挨罵，而是爺爺的聲音非常慈祥。

「我問你，昨晚你靠近熊的時候有沒有被人看到？」

「沒有，我想應該沒有被看到。」

「是嗎，那好，這件事不要對任何人說。就算有人問你，不管對方是誰，都說不知道、什麼都沒做。我不是教你說謊，但你不說是為大家好，也是為了你和奶奶、父母，還有我，知道嗎？」

佑介點了頭，爺爺打開房門。

「在我叫你之前，乖乖待在房間裡。」

不久，一輛警車停在家門前，兩個警察走進屋裡來。爺爺叫佑介過來，抓一下他的肩膀說：「這是我的孫子佑介。」

「你就是佑介嗎？」一個警察說完，另一個警察馬上問道：「你是不是有台越野車？」

「對。」佑介回答後，兩個警察互看了一眼。

「其實，我們在關熊的籠子附近發現越野車的輪胎痕跡。」警察向爺爺解釋。

「昨天我和朋友政男去看熊，政男的爺爺杉田先生也在場。」

「那之後你又一個人去看熊了嗎？」

佑介垂下眼，搖著頭。

「關於熊逃跑的事，你知不知道些什麼？」

佑介仍舊低著頭搖頭否認，但就在這時，他身體裡的另一個自己催促著他。佑介抬起頭來。

「但我覺得幸好熊逃跑了。如果牠就那樣被關著，最後就會跟先前那隻可憐的熊奶奶一樣被殺，我覺得那跟殺人沒兩樣。」

「警察先生沒在問你的想法。」爺爺的語氣相當嚴厲。「就如我剛才所說，這個孩子昨晚一直待在自己的房間裡。而且我也認為把掉到陷阱的熊殺掉是有待商榷的，也有損這個鎮的名聲。」

「以我們的立場，必須去追查是誰做這件事的。捕捉那隻熊是有得到法律的正式許可，所以隨便讓牠逃走是犯法的行為。」

「不過謝謝你們的合作，如果有什麼消息，請通知我們。」

爺爺一直把手放在佑介肩膀上，直到警車開遠為止。

兩名警察接著來到摩根先生家。

「摩根老師，請問您是否已經聽說有人放熊逃走的事？」

「是，我從小林先生那裡聽說了。」

「小林？是佑介的爺爺嗎？」

「對，他是我的老朋友了。」

年紀較長的警官取出記事本。「冒昧請問您，昨天的傍晚到晚上請問您人在哪裡？」

「我一直在家裡。」

「一個人嗎？」

「不，我和狗兒們在一起。」

摩根先生忍住不笑出來。這兩個人認真的在懷疑我讓熊逃走？這之前已經有幾十隻熊被捉起來殺掉了，即使我覺得那種殺熊的作法根本就是錯的，但沒有一次幫助牠們逃跑。

「其他人呢？」

「沒有其他人。這個家你們可以隨便搜，我沒有藏匿熊在這裡，雖然熊有時候也會在這附近的森林出沒。逃走的熊叫什麼名字？」

「咦？熊怎麼會有名字？」

「不，牠們有名字。來這裡的熊全部都有名字，我幫牠們取的。如果沒有名字，你教我怎麼查？牠為什麼會被捉？我猜是因為跑到那個笨老頭的玉米田裡去對吧？他二十七年來每年都種玉米，而且在同一個地方。對熊來說，那裡原本就是牠們的地盤，以前那裡全是森林呢。」

摩根先生不停地說教，原本耐著性子聽話的警察也終於不耐煩了。

「摩根先生，是你去籠子那裡把熊放走的嗎？」

「我是不是叫律師來比較好？我回答是的話，你們要逮捕我嗎？」

這麼一來，警察也不知道該怎麼辦。年長的那名員警只好解釋說他們只是要調查事情的真相；放走熊是違法的，他們想跟犯人把事情問清楚。

「或許是牠自己想辦法逃走的啊，熊可是比你們想像中還要聰明呢。」警察嘆了一口氣，又再次向他確認是不是沒有放走熊。摩根先生微笑著搖頭道：「不是我。但是我真想頒動章給放走熊的人。不是鍍金的、也不是銅的，要給他真正純金的動章。幹得太好了，萬歲！」

摩根先生一向反對設陷阱抓熊並且槍殺。他又再次重申，只要多下點功夫，熊就不會搗亂田地，應該要再多做努力等等。

「熊是不是我放走的，波西，你說呢？」

波西搖搖尾巴、叫了一聲。

「你們聽，她也是這麼說的。」

「我們回去吧。」一年長的警員說。

摩根先生和兩隻狗一起目送警察到大門口，說一聲辛苦了，並且精神抖擻地對著駛出森林小徑的警車揮手道別。

10 新學校

這回佑介開始通學的是這個小鎮的學校。這間學校只有一個嚴格的規定，那就是不管有什麼理由，學生們都必須「走路」上學。從佑介的爺爺家走到學校得花四十分鐘。這間學校沒有嚴重欺負人的事，主動開口的話，大家馬上就混熟了。能和杉田政男成為好朋友實在很幸運，因為政男在班上算是領導人物。

他們的導師叫做門田明，就是上回因為熊的事，和農家的人起爭執的那個年輕男人。這個老師很有趣，總喜歡講很可怕的鬼故事。午餐時間佑介他們在吃便當時，門田老師一定跑來加入。

「這個醃菜可以給我吃一口嗎？哇，這個真好吃。我都不知道你們平時都吃這麼好吃的東西。我家有管家跟三個傭人，總是做法國料理給我吃；吃飯的時候，還附上樂團的現場演奏，現在聽來都有點膩了。我從來沒吃過這麼好吃的醃菜呢。」

還有一次，大家問他的結婚對象，他說：「世界上有好幾百個女性想跟我結婚，我實在沒辦法選哪。現在也是，金髮的瑞典美女和舞跳得很好的泰國女性說要嫁給我，不過像我長得這麼帥，怎麼可以那麼輕易就答應呢。」像這樣，連討厭上課的佑介都期待上門田老師的課。

但是也有人說老師的壞話，還有人背地謠傳他放熊逃走。聽說他也遭到警察偵訊，他說熊逃走的那晚他在家裡改考卷，但是沒有人可以替他作證。

一天晚上，政男的爺爺來到小林家，他說：「放熊逃走的人，不是那個叫門田的小子就是摩根，那些傢伙說什麼要保育動物，根本不把人放在眼裡。」

「不過我也想到個好方法。從現在開始，要是熊再來這附近搗亂的話，就叫放走熊的犯人替熊賠償農家的損失。這樣一來，那些傢伙少說也得到點教訓了吧。」

佑介聽了想，他們又在講蠢話了，究竟是哪一隻熊搗亂田地的，怎麼有辦法分辨呢？他聽爺爺說，這地區有約十隻以上的熊，而且不是每隻熊都會跑下山來。除非把所有的熊都捉起來，在牠們身上掛牌照、或是裝上發訊器之類的，否則根本沒辦法分出是哪隻熊搞的鬼。

「我很確定放熊逃走的不是摩根老師。」佑介的爺爺說。

「為什麼你可以斷定？那個老頭可是從好幾年前開始，就反對捕捉熊的不是嗎！」

「不一樣。」佑介的爺爺說，「只要遵守狩獵期、在正當的地方狩獵，老師他並不會反對。獵人和熊一對一面對面，正正當當對決的話，沒有什麼不對。但是像打冬眠中的熊、或是攻擊熊母子那樣骯髒的手段他當然是反對的。而且他也建議應該多去了解熊，試試其他方法，像設電網等等。」

「你說電網！憑什麼要叫我們小老百姓花那麼多功夫？那可是我們的田地。」

「但是養雞不也是一樣要用鐵絲網圍雞籠、在籠門上上鎖？道理是一樣的。反正我已經不想再聽你抱怨了。那天晚上如果有派人守夜的話，也不會發生這種事。而且你說，為什麼犯人有辦法拿到籠子的鑰匙？」

政男的爺爺回答不出來，口中碎碎念個不停。佑介很想跳出來承認，說他並不後悔做了那件事。但這時候他看到爺爺的眼神，他想起，不行，我已經答應爺爺不跟任何人說的。

熊逃跑的這個事件，要不是當地電視台來採訪，事情大概也不會鬧得那麼大吧。攝影師拍攝了被熊搗亂過的玉米田，也訪問了農家的人及政男的爺爺，還有摩根先生。

剛開始這個新聞只有在當地的節目中播出，後來東京的電視台也注意到這個消息，在晚間的新聞節目裡報導。在那個播報中，他們報導了當地的新聞之後，放映了在日本和北美生長的野生熊的姿態。

嘴巴裡塞滿果實的熊、捉鮭魚的熊、快樂玩耍的小熊——節目中，像這樣一邊穿插熊的影像，一邊播放政男的爺爺及農人們憤恨地抱怨熊造成的災害，鎮長也明白地說「熊百害無一利」。

接著出現在鏡頭前的是摩根先生，他指著樹幹微笑，樹皮上有兩對三指排列在一起的鉤爪痕。「這個是大約十年前熊爸爸刻的爪痕，很大吧。另外這個是牠兒子的爪痕，或許是為了通知說『我也在這裡！』吧，牠的爪子就比爸爸的小。現在幾乎都看不到大隻的熊了不是嗎？」

記者詢問為什麼現在已經看不到大隻的熊。

「當地的山因為蓋了高爾夫球場和休閒別墅，造成熊的覓食區縮小了。熊記得自己平時走過的路，很清楚哪裡有什麼食物。牠們的嗅覺靈敏，而且因為又有不輸人類小孩子的好奇心，一發現平時走的路附近有類似養蜂箱還是什麼新的味道，馬上就跑來查。就好像說，已經荒蕪的森林的旁邊，有塊又香又甜的玉米田，對熊來說難得有這麼豐盛的食物，當然是雙手合十大喊『謝謝人類，我要開動了！』不是嗎？」

摩根先生愉快地捧腹大笑，就像開朗快活的聖誕老人一樣，一旁的人也被他感染了。這時記者問道：「是你讓熊逃跑的嗎？」

摩根先生大大地伸開兩手、腰往後挺。「熊不是也有獲得自由的權利嗎？熊自遠古以來就一直住在日本的山林裡，但玉蜀黍可是從美國外來的。」

他的話完全沒有回答記者的問題，於是記者再問一次：是你讓熊從籠子裡逃走的嗎？摩根先生沈默地搖搖頭。

電視節目的主播一方面同情地方農家的辛勞，在節目中發表簡短而正確的言論。但或許是外國人老爺爺穿插笑話的溫和語調抓住觀眾的心，節目播完後，**E-mail** 及傳真不斷地傳送到電視台，其中有一大半的內容是在讚揚放熊逃跑的行為。另一方面，當然也有人說摩根先生的壞話，罵他外國人多管閒事；雖然在播出摩根先生的採訪前，已經先報導他擁有日本國籍、確確實實是個日本人。

那天晚上佑介的爺爺喝著小酒，陷入思索中。他擔心會不會因為那個電視報導造成鎮上形象受損。這時，佑介的母親從東京打電話來了。「很抱歉這麼晚打電話。」母親接著問道：「你有沒有看今晚的節目？」爺爺回答說「看了」，並且說「我想這裡應該有很多人看了以後不太高興吧」。這裡有些人知道他的兒媳婦在電視台工作。

「我也是在擔心那樣。我們上面的人說，關於熊的這件事，要加進加拿大、阿拉斯加、堪察加半島的影像再做追蹤報導。我們要報導獵人為了獲取熊掌及膽囊的非法盜獵，這件事我們打算動員全部的力量。」

「這件事和我有什麼關係。」爺爺很不高興地說。

「是沒有直接的關係，但這個世界很小，你也知道國外為了捕鯨這個問題鬧得有多兇。新聞界預測，下一個話題就是熊。」

爺爺什麼都沒說，心裡卻很折騰。

「佑介過的好嗎？」

佑介母親不經意的一句話，讓爺爺的心臟猛然跳了一下。

「他很好。」

隔了幾秒後，母親說：「他和摩根老師處得好嗎？」

「嗯，他現在有跟摩根老師學英文，他們很合得來。」

「太好了。我有寫 E-mail 給老師在加拿大的兒子，他兒子現在是政府官員，在做保育熊的工作。他的日文非常好呢，我想電視台也會派人去採訪他。」

「摩根老師知道的話一定很高興。」爺爺說。

「佑介沒有惹什麼麻煩吧？」

佑介的母親應該是隨口問問的，但母親的直覺實在太厲害了。

「妳為什麼這麼問？妳等等，我叫奶奶來聽電話。」

爺爺向奶奶招手要她快點過來。爺爺把話筒交給奶奶後，繼續啜飲剛才喝到一半的酒。他心想，要不是那隻熊跑去自投羅網，也不會發生這種事。

佑介現在有好好去上學，也會幫忙做家事。他一個禮拜去摩根先生那裡學英語兩次。他們一起亂塗鴉、玩文字遊戲；光是如此，就讓他覺得英語生動有趣。

今天他們用 like 這個字玩遊戲。

「遊戲（play）也是練習（practice）之一。你如果想記憶什麼，最好的方法就是反覆練習。」摩根先生說。

Like 這個字有兩個用法，譬如說「You like somebody.」，是「你喜歡某某人」，但「You are like somebody.」則是「你像某某人」的意思。依句子不同，有時候意思甚至完全相反，實在很麻煩。佑介和摩根先生一起學如何使用這個字。

「I know an old man who is like a pickled plum.」（我認識一個像醃梅子的老人。）

摩根先生寫下這句話，並畫了一個拄著拐杖的老人，接著在旁邊畫一個醃梅子。然後他畫了一個老人與梅子「合體」的臉，於是醃梅子老人大功告成。佑介一看到這個畫，忍不住噗嗤地笑了出來，因為那張臉與政男的爺爺生氣時的表情一模一樣。

「你也寫一個句子看看。」佑介被指派這個功課，陷入思考當中。摩根先生見狀，馬上畫了一個憤怒的民眾的臉。

「Does he like bears?」（他喜歡熊嗎？）

「不，怎樣可能！」佑介說完，又再次瞧著那個民眾可笑的臉，接著造了下面的句子。

「He is like a monkey, eat bees.」（他像隻猴子，吃蜜蜂。）

「哎呀，這個句子好。但是這個句子應該要這樣說，」摩根先生幫他訂正了英文文法。

「He is like a monkey chewing bees.」（他像隻正在吃蜜蜂的猴子。）

就這樣反覆練習之中，佑介漸漸了解 like 主要的兩個用法，再也不會搞混了。但是如摩根先生所說，他對英語還是有太多不了解，而且英語又是混合著許多要素的複雜語言，要喜歡上 like 這個字，最好的方式還是要多使用並且習慣它。

過了大約一小時，筆記本有好幾頁已經滿是字與圖畫。摩根先生在下午茶之後，遞給佑介一個小小的盒子。

「這是給你的禮物，來，你打開看看。」

盒子裡是一把可折疊的小刀。刀柄是木製的，兩面刻有小小的熊的圖案。上面附有安全裝置，沒有打開安全裝置刀刃是不會出來的。這把小刀看起來銳利，不過刀尖並不是能刺人般的尖銳。盒子裡另外還附了皮製的刀鞘和質地細密的磨刀石。包著小刀的紙上，寫著摩根先生強而有力的字跡。

「Knowledge is like a knife. You must keep it sharp, and never use it to hurt anybody.」（知識就如同一把刀，你必須保持它的銳利，但絕不可以拿它當傷害別人的工具。）

「男子漢是不能沒有刀的。」摩根先生說。

佑介也很喜歡小刀，但是校規規定不可以帶小刀在身上。

「要不要練習怎麼磨刀？」

接下來，摩根先生花了一個小時的時間教佑介磨刀、還有削棒子時拿刀的方式。然後他半開玩笑地叮嚀佑介，絕對不可以拿刀尖朝人。

佑介回到家後，把小刀拿給爺爺看。

「很不錯的小刀哪，但你絕對不可以拿它去學校或鎮上喔。」

爺爺雖然這麼叮嚀佑介，不過他也想起孩提時代，大家隨身都帶著一把折疊小刀，用它削鉛筆、做竹工藝，或是做各式各樣的玩具。

「手指頭割到一點也不會死掉。」爺爺說，「知道痛的感覺，下次才會記得要小心使用。」

11 營救小河

佑介的奶奶和堂姐里香悠閒地散步在閃耀著金黃色光芒的稻田間，一手輕輕捉起蝗蟲，放進另一手提著的布袋裡。從以前開始，蝗蟲在這個地方也是美味的食物。今年稻作大豐收，結實成熟的稻穗沈甸甸地垂下頭來。

里香抬起頭來，向騎著越野車朝這邊而來的佑介揮揮手。政男也和佑介一起。兩人把腳踏車停在路邊，從兩旁有樹的狹窄山谷往下走，朝小河前進。水流像在沖洗岩石及砂礫般發出咕嚕咕嚕的聲音。來到小河邊，政男指著河中央說：「你看到了嗎？這裡有、那邊也有。」

仔細一看，小隻岩魚的殘骸卡在岩石縫中，另一邊也漂浮著青蛙的屍體。

佑介說：「一定是誰在河裡放毒。」

他們朝河川上游走，一邊的河岸呈陡峭的斜坡。被推土機剷過的地表滲出臭氣沖天的灰色的水，而濁水不停地流進河中。

他們爬上斜坡，上面是一片與棒球場差不多大的平地。平地上的樹被砍得一棵

也不剩，面向道路的鐵絲網上掛著「禁止進入」的牌子。

「這一帶有森林及池塘，原本立金花多得都可以把池塘掩埋了，青蛙以前也很多的。」政男說完，看了看四周。「一定有人在這裡埋了什麼東西。我們趕快回家，告訴我爸這件事，他今天下午應該在家。」

政男家現在為了準備下個禮拜緊接而來的收割，爺爺和爸爸正在保養割稻機。佑介從腳踏車上下來，輕輕點了個頭打招呼。雖然上回熊的騷動已經過去了，但他在政男的爺爺面前就是心神不寧。

「我看到一件很嚴重的事，」政男說。「我覺得應該跟爸爸說。」

「什麼事？」

「谷地澤的魚幾乎都死光了，青蛙也是，我想應該是被什麼毒死的。」

他的爺爺和父親面面相覷。

「我們走到河川上游，發現那裡多了個新的垃圾掩埋場。」

佑介也說：「從那裡流出發出可怕惡臭的水。」政男的父親站起來，搖頭說道：「這麼一說，我記起來了，大概兩個禮拜前、我回家的晚上，看到砂石車經由採伐道路往山上開。你們剛才去有沒有人在那裡？」

「沒有啊。」政男回答。

「你們兩個都聽好了，如果不想被捲進什麼麻煩的話，不要再靠近那地帶了。」爺爺說。

政男回嘴道：「我們沒有做壞事啊！」

「是啊，我知道。但是聽爺爺的話，不要再接近那裡了，聽懂了嗎？」政男的父親說完，轉頭向爺爺說：「我去看一下。很多田地也是引那條小河的水。」

「我們家不是。」爺爺說。

「不過我還是去看一下情況。」政男的父親轉向政男及佑介說道：「你們通知我是正確的，做得很好，但是不要再接近那裡了。來，去請媽媽倒杯麥茶給你們喝。」

「我該回家了，家裡的人會擔心。」佑介說。

其實是到了他要去摩根先生家上英文課的時間。回去的路上，他正好看到政男的父

親開著小卡車往相反方向駛去。

摩根先生在屋前與兩隻狗玩飛盤。摩根先生留意到佑介已經來了，從多布那裡接回飛盤，勁道十足地丟給佑介。多布跟著飛盤後面跑，波西則是待在原地不動、只是拚命地搖著尾巴。佑介把飛盤朝波西的方向丟，波西往空中一躍，漂亮地截取到飛盤。「Nice catch!」佑介用英文稱讚她。

「來，開始上課了。」摩根先生拿出一條大的紅手帕擦拭額頭的汗，並走向門口。

「今天看到了很討厭的東西。」

佑介這麼說完，摩根先生揚起眉毛，「噢？」

「我和政男今天去一個小池塘，裡面的魚及青蛙全死光，屍體都浮上來了。我們往上游去查，發現那裡有個看起來是掩埋垃圾的地方，從那裡流出來的臭水都流進小河裡去。」

「是嗎，有沒有誰在那裡？」

「沒有，那裡有鐵絲網圍住，進不去。政男把這件事跟他爸爸說了，他爸爸已經去察看是什麼情形。」

摩根先生表情嚴肅地走進書房後，拿著白色的塑膠蓋、玻璃瓶及幾個附有拉鍊的塑膠袋出來。

「佑介，你可不可以再去同樣的地方，把死掉的魚和青蛙裝到這個塑膠袋裡。然後再過去那個垃圾掩埋場，把流到河川裡的污水也裝進這個瓶子。我需要採集樣本。本來應該我自己去的，但是我去容易引人注意。」

「死魚和污水要拿來做什麼？」

「我要送去給我大學的朋友做檢驗分析。我猜想，應該是有毒的廢棄物被棄置在那裡。」

隔天早晨，佑介獨自一人去昨天的池塘，將污水裝滿玻璃瓶、採集幾隻死魚和青蛙。他用地圖向摩根先生說明池塘的所在，指出垃圾掩埋場的方位。那裡原本有森林及池塘的。

等到下次上課的時候，摩根先生告訴了佑介樣本分析的結果。

「魚和青蛙都是被毒死的。從牠們的殘骸和污水中，都檢驗出高濃度的戴奧辛。」

「戴奧辛是什麼啊？」佑介問道。他曾經在電視上聽過這個名詞，但不了解是什麼東西。

「戴奧辛不是自然的物質，是人類製造出來的可怕東西。它無臭無味，卻是一種劇毒。越戰時，美國製造出戴奧辛，到處散播在越南的森林中，為了毀滅森林。美國人以為只要森林沒有了，北越的軍隊就無所遁藏。他們做的事非常可惡吧。但即使做到那個程度，這場戰爭美國還是輸了。」

佑介聽了相當震驚，戴奧辛為什麼會在這種地方出現呢？

「這三十多年來，人類製造出各式各樣的化學藥劑和物質，根本沒發現自己正在破壞自然環境。」摩根先生拿出紙來，寫下戴奧辛的化學方程式。

〈$C_{12}H_4O_2Cl_4$〉。佑介知道C是碳、O是氧、H是氫，這些元素應該都沒有毒，那這個Cl究竟是什麼呢？

「Cl表示氯（chlorine）。氯是黃綠色的氣體，自然界裡絕對不存在這種物質。但是自然界存在著許多氯的化合物喔，譬如說，食鹽就叫做『氯化納』（sodium chloride）。」

摩根先生上課不只限於英文，他今天還用淺顯易懂的方式教佑介氯氣是怎樣產生的，還有如何利用氯殺死自來水裡的細菌。

佑介聽了說：「啊，難怪這裡的水比東京的自來水好喝多了！」

「沒錯，」摩根先生說，「水質有它的規定，這裡的自來水有時候也加進氯，不過其實並沒有那個必要。」

摩根先生接著說明戴奧辛是怎麼滲透進自然界的。

「但是明明知道戴奧辛有可能會流進小河裡，為什麼還把垃圾丟在那種地方呢？」

「為了錢。負起責任好好處理垃圾得花很多錢，所以他們才偷偷地把垃圾扔到鄉下來。當然那都是違法的，完全是犯罪的行為。」

佑介聽了摩根先生的話後非常擔心，那天晚上吃完晚飯後，向爺爺提起那個垃圾掩埋場的事情。

「有些傢伙就是靠隨便丟棄工業廢棄物或化學廢棄物賺大錢的。當然那全部都違法，但是很難杜絕，因為大部份都有黑道在背後撐腰，實在很可恥，還虧有人非常努力地在做資源回收和環境保護。你發現的那個地方，其實以前有人向鎮公所反應過，但聽說鎮公所的回答是『那裡只是丟棄大樓的建築廢料和泥漿，完全沒有有毒物質』，所以那個垃圾場有得到公所的承認。」

「但是，那明明有毒啊！摩根先生把樣本送到大學去做檢驗，裡頭檢測出一堆像戴奧辛那樣的有毒物質耶！」

爺爺瞪著佑介問到：「老師他真的那麼說嗎？」

「嗯。」

「看來，我應該去跟他談談。佑介，不可以插手管這件事，搞不好這幕後有什麼危險份子，聽懂了嗎？」

佑介沒有再多說什麼，但他心裡非常氣那些做壞事的大人們，竟然把害死小魚和青蛙的有毒物質隨便丟棄！

摩根先生到鎮公所把佑介採集來的樣本附上分析結果的備份提交出去，但是公所的人員卻說：「沒有確切的證據，我們沒辦法採取行動。那種樣本，我們怎麼知道你是哪裡取來的。」

摩根先生說：「我可以帶你們去看，請公所的人員跟我一起來。」只要在那裡再採集一次樣本，鎮公所的職員也就是證人了。但鎮公所的人仍舊不肯答應，摩根先生實在很氣憤，事情演變到這個地步，他只好把分析結果的備份寄給關心環境污染問題的記者。

不久，在一個樹葉染上金、黃、紅、咖啡色、秋意深濃的某日。

佑介邊推著腳踏車爬上往摩根先生家的陡坡，正好撞見一輛黑色的大賓士。和那台車擦身而過之時，坐在車內的男人們以銳利的眼神瞪了佑介一眼。

佑介沒有問賓士裡的男人是誰，但那個晚上，他聽到爺爺和摩根先生講電話。爺爺掛上電話後，表情顯得相當凝重。

「發生什麼事了嗎？」奶奶問道。

「我之前不是有跟妳說，有個公司背地裡在做壞事嗎。聽說那些傢伙帶著律師闖進摩根老師家裡，為了不要讓那件垃圾場的事情曝光，企圖收買老師。」

「老師收下錢了嗎？」

爺爺哼了一聲。「摩根老師會收錢？怎麼可能！但是接下來事情可就麻煩了。」

就如同爺爺所預測的，兩天後，電視台來採訪了。

當地的電視台接連播出垃圾掩埋場及從那裡流出的污水、浮在河川上的死魚殘骸等影像。攝影機順著水流拍攝，照下小河的水流進位於下游的幾塊田地裡的景象。光看畫面就可以很明顯地看出拍攝的意圖。引小河的水的田地，全受到戴奧辛等化學物質的污染。

節目中還播出了摩根先生的專訪。摩根先生批評對非法丟棄垃圾視若無睹的鎮公所是多麼不負責任，並說「我絕對不想吃那種田種出來的米」。他的那句話造成更大的騷動。

首先，鎮公所就像戳中蜂巢似地兵荒馬亂。政男的爺爺來到佑介的爺爺家，佑

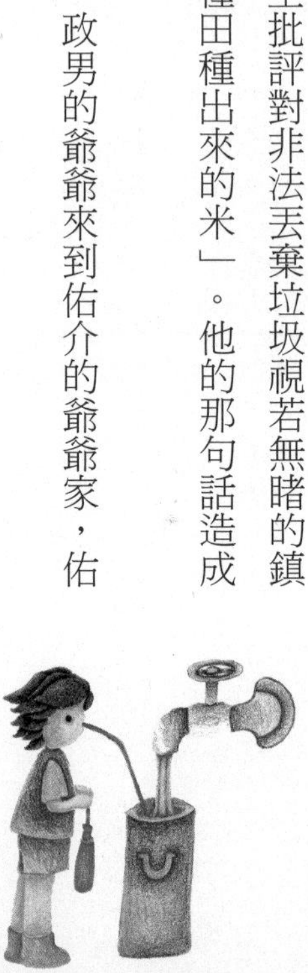

介被叫到爺爺的房間去。

「佑介，杉田先生說，是你跑去告訴摩根先生那個垃圾場及死魚的事。」

佑介垂下眼簾說：「對，是我。」

結果沒想到，杉田老人那張被太陽曬得滿是皺紋的臉，竟然笑到皺折一開一合。

「哈，多虧你通風報信，現在可是滿城風雨。隔壁村子的人可是氣得不得了。但是我早就勸那些傢伙要注意，他們就是放著不管，聽說明天縣政府就會派檢疫官員來調查。摩根臭老頭好像和哪裡的大學教授調查了小河的水和垃圾場，他們說那裡不光是丟棄工業廢料，一定也掩埋了醫療廢棄物。」

政男的爺爺不但沒有擔心，反而看起來挺高興的樣子。

「那些傢伙一直都為所欲為、到處亂丟廢棄物，但是只要真相公諸於世的話，他們一定會受到什麼報應吧。」

爺爺對佑介說：「你向摩根先生講那件事沒有什麼不對，但是不許你再插手這件事。這可是非常棘手的問題，我不想要惹上麻煩。」

佑介回嘴說：「但是河川污染到那個程度，不是會對大家的身體造成不好的影響嗎？」

「夠了，閉上你的嘴，聽我的話就對了。不准跟非法丟棄垃圾扯上關係，如果你不聽話的話，我就不讓你再跟摩根先生見面。」

佑介強忍著不甘的心情回到自己的房間裡。但是他把門開著，專心聽爺爺他們在談些什麼。

「這次我倒想好好地讚美摩根老頭。他這回說的話很對，那種非法丟棄垃圾的行為非阻止不可。」

「聽說農委會大為光火呢，就為『不吃那種米』這句話，撂下狠話說要告摩根先生。」

「唉，你就想他是替我們講出內心話不就好了。而且事實就像摩根講的，那樣被污染的稻米怎麼拿來賣。」

「但是因為這回的事件，這附近的米全都聲譽下滑，我不甘心受到這種牽連。」

「管那麼多。我兒子說，他明年想要嘗試完全不使用農藥的鳳頭潛鴨栽培法。你們家自己要吃的田，從以前到現在不都是少灑些農藥的嗎。反正國家每年都要我們減少耕作面積，現在啊，我們家有四分之一的田都休耕哪！」

「唉，反正不管誰做什麼，都沒辦法讓摩根先生閉嘴的，他可是徹頭徹尾的頑固哪。」

政男的爺爺放聲大笑，「說得沒錯！要把那張嘴封起來啊，除非把他斃了。」

「這可不是笑話。眼前就有黑道找上摩根先生，想要收買他……」

在二樓的佑介輕輕地關上房門，鑽進被窩裡。他把燈熄掉躺下來，腦子裡還是充滿不安。但佑介想，重要的朋友摩根先生正遭遇危險的狀況，比起來，他頂多只是忍耐內心的不安罷了。

12 再見多布

眼看天色漸暗，樹林間慢慢地拉上夕陽的幕簾。強風吹起，千百片樹葉一齊在空中飛舞。

摩根先生望向窗外。波西和多布不停地吠叫，或許是因為烏鴉。

「很快就會下雪了吧。」

他一面說，一面將客人用的玻璃杯注滿紅酒。他的客人是一位叫約翰・拉梅兒的法國人研究生，現在日本的大學寫博士論文。他因為受到摩根先生畫的野生動物繪本感動，親自來訪，到現在兩人已經成為好朋友了。

從小在庇里牛斯山山麓長大的約翰很喜愛大自然，他一有時間就會去山林裡散步。今天他來拜訪摩根先生，主要是為了傾吐自己的煩惱。

「日本每年都以『害人的野獸』作藉口，殺死超過一千隻以上的熊。」

約翰將紅酒一飲而盡，繼續說道：「被殺掉的熊，被拿來做中藥和燉肉的材料。我拜託當地的農家和獵人們『架設電網、種熊沒興趣的農作物』，但是他們完

全不聽勸。獵人覺得熊的膽囊可以賣到高價，農家也覺得利用獵人擊退熊這個方法比較簡單。」

他去年在摩根先生的森林裡捕捉到熊的時候，在公所人員及獸醫在場的情況下，用麻醉槍讓熊睡著後取得基本的數據。他們測量了熊的身高及體重、採集血液及毛髮的樣本，也拍了照片。最後在熊身上裝上發訊器後將熊放回森林。

約翰他們循著發訊器傳出的無線訊號追蹤熊的動向，然而訊號卻在熊進入巢穴後突然中斷了。等他們趕到現場時，周圍的雪已經被血染紅一片，熊的身影、連著發訊器都消失的無影無蹤了。

「摩根老師，您也知道熊的行動範圍有多廣，」約翰說。「也是有鄉鎮盡可能的保護熊不殺牠們，但才翻過一個山頭，就有屠殺熊的鄉鎮。日本各地到處都有盜獵，因為在日本販賣熊肉及毛皮不會被問罪。他們也完全不呈報受傷的動物。我在想，在日本是不是沒辦法做熊的調查研究，現在的心情實在很絕望。」

「我也曾經嘗到好幾次和你一樣的心情。」摩根先生歎了一口氣。

「我也常常焦慮得不得了。看那些只是應付當下的做事方法，很多時候我都覺得自己正在掐自己的脖子。但是遇到緊急狀況的時候，沒有比日本人更親切的民族了。再怎麼說，這個國家尊敬確確實實在大地生根、貫徹自我理念的人。明治時代解除鎖國政策以來，『外來者』一個接一個的來日本，說應該做這做那的，也干涉太多了。」

這時，從窗外傳來像在控訴什麼似地、尖銳的狗叫聲。

「唉呀，不好了。」摩根先生說，「我忘了把狗兒們放進屋裡來，這兩隻狗一定都餓昏了。」

他們走出屋外後，波西仍舊不停地狂吠著。兩人馬上知道波西吠叫的原因——多布奄奄一息的橫躺在地上。或許是因為痛苦掙扎過的緣故，牠眼睛撐的開開的，舌頭長長的垂下。

他們跑上前去抱起多布，牠的身體柔軟還有餘溫，但是早已氣絕身亡。約翰眼睛銳利的掃向四周，馬上找到了可疑的東西。

「多布、多布，為什麼會怎樣！中午明明就還好好的……。」

「摩根老師，請看這個。」約翰把多布的屍體放下，指著繫住波西的鐵絲網旁邊的地面，那裡有一塊生肉。

「這是老師餵牠吃的嗎？」

「不是，我從不給牠們吃生肉。為什麼會有這種東西在這裡？」

「請不要碰它，我現在去找個東西來裝。」

「但是現在不帶多布去看獸醫的話……」

「用我的車載牠去吧。但是獸醫也一定會想檢查這塊肉。我馬上回來，老師請在車裡等我。」

摩根先生流著眼淚將多布抱起，頹喪地坐在車後座，彷彿靈魂出竅的空殼。他止不住臉頰流淌著的淚水。波西陪侍在一旁，一直發出低鳴。

到了鎮上後，平常替多布看病的獸醫把多布的遺體搬到手術台上。約翰把裝著那塊可疑生肉的塑膠袋交給獸醫。

「我們在另一隻狗的旁邊發現這塊肉。她很聰明，沒有把肉吃下去。」

摩根先生聽到這句話才回過神來，「我平常總是告誡兩隻狗，除非我說可以，不然不可以吃別人餵的食物。但是多布是個貪吃鬼……」

一個小時後，多布的死因真相大白。牠是被一種名為「士的寧」的物質所毒死。從掉落在波西身旁的那塊生肉上面，也檢測出大量相同的毒物。

獸醫及他太太很想要安慰摩根先生，但摩根先生看起來太過悲傷，他們也不知道該說些什麼才好。

摩根先生最後又回到診療室，把頭輕輕地靠在由長毛所覆蓋住的多布的脖子上。

「原諒我，多布，我應該早點注意到的。要是早點把你放進家裡的話……啊，多布，對不起，請你原諒我。」

約翰抱住摩根先生的肩膀，眼裡也泛滿淚光。

「來，我們回家吧。我一定要把這種行徑卑劣的傢伙捉起來，絕對會把犯人找出來的。」

那天晚上，約翰徹夜陪伴在摩根先生身旁，傾聽他訴說對多布的種種回憶。然後看著摩根先生上床之後，約翰走到樓下，確定門窗有沒有鎖好。

「究竟是誰對摩根老師做這麼過份的事？老師這麼相信日本、愛日本，難道這就是他得到的回報？」約翰強忍住痛苦的心情。

隔天早晨警察來了，但是並未找到確實的證據。

這天晚上，多布的骨灰被裝在一個小罈子裡，回到牠的家。約翰和摩根先生在房子後方的森林裡挖一個小小的墓穴，把多布的骨灰埋下。

這件事情馬上在鄉下傳開。大家平常在講些半開玩笑的壞話時，很傷人的話都敢說出口；但在對方受了傷、傷痛失去親人的時候，不管是誰，都把它當作是自己的痛苦般一起承受。其實這裡的人心地都很善良，連和摩根先生「水火不容」的政男的爺爺，都叫兒子送花和威士忌來慰問。

「那兩隻狗兒是摩根的家人。」政男的爺爺氣憤地搖搖頭，「那種做法太惡劣了，我絕對不原諒！那準是為了要恐嚇摩根。」

佑介也從爺爺那裡聽說這件事，兩人一起去探望摩根先生。摩根先生人在後院，正用鑿子和鐵鎚，把多布的名字雕刻在墳墓的石頭上。

波西注意到佑介來了，高興地吠叫，摩根先生聽到聲音站了起來。爺爺和佑介說些弔慰的話，摩根先生寂寞地說：「請進來喝杯茶吧。」

「摩根先生，我知道這種時候不適合提起，但我有話想跟你說。」佑介的爺爺說道。

「我們已經找到那個垃圾掩埋場的地主了。那個地主住在大阪，是一個老奶奶，她的先生已經過世現在一個人住。去年業者找律師到她那裡，簽下土地租借的契約。老奶奶聽說只是把泥土和岩石搬到那塊像沼澤一樣的土地，讓排水變好，也就信以為真。我們想找出那個掩埋場裡究竟埋了什麼，請她給我們翻挖垃圾場的許可。但這一來，那個叫做『共同觀光』的公司，馬上找人威脅她。唉，不過總算還是弄到了垃圾場的檢測樣本。這是分析的結果。」

佑介的爺爺從口袋裡拿出好幾張文件放到桌上，推到摩根先生的面前。

「嗯，戴奧辛、PCB（多氯聯苯）、大量的水銀及鉛，真是可怕的配方啊。」

「我們也搞不清楚是什麼狀況，總之把這份文件的拷貝寄給人在威爾斯的兒子，當然也寄給我在電視台工作的媳婦。但是摩根先生，我拜託你，請不要再講這附近稻米被污染的事。對這裡的人來說，這是我們最傷的地方。」

「我想也是。稻米是日本文化的支柱，所以孕育稻米的水質更應該要乾淨才對。」

「嗯，你說的沒錯。但是這件事交給我們處理吧。我們現在也跟隔壁村鎮討論，那裡也是，不斷有不肖業者晚上跑去偷倒垃圾。那可是好幾百台大卡車的垃圾。當地的人現在正在考慮要靜坐抗議，不讓大卡車通行。」

「你也要去參加靜坐嗎？」

「是啊，明天會去。不過你不要來比較好。」

「不，我也要去。」

「我也要去。」佑介緊接著說。

「哎呀呀，」爺爺搖搖頭，「你們怎麼都不聽我的話呢。」

隔天，隔壁村子連接到新建的垃圾掩埋場的小路上，聚集了將近百人。前來採訪的電視台，用燈光照亮出垃圾場的景象。

首先來了三輛卡車。接著三台轎車到達，從車上下來十幾個穿著華麗、嘴角浮現冷笑的男人。後來載著公所人員的警車也到達現場，命令聚集的群眾說：「不要坐在那裡，把路讓開。」

「你到底是站在哪一邊啊！」

一位一同靜坐的太太大聲喊完，一個穿著西裝面目凶惡的男人走近說道：「這位太太，妳最好乖乖把路讓出來，我們公司的小子們都沒什麼耐性哦，他們很討厭有人妨礙工作。」

摩根先生見狀走上前去說：「你是在威脅人嗎？」他的手裡握著銀製手把的黑色拐杖。

「吵死人了，閉嘴，你這個老外！」

摩根先生把手掌押在這個威嚇人的男人的胸口上。看起來只是輕輕地推他一下，然而那男人矮胖的身體卻往後搖晃，一屁股跌坐到泥巴裡。幾乎和那男人跌倒同時，站在旁邊的年輕男人拔出藏在上衣裡的小刀。

這幾乎是沒有人來得及阻止、發生在一瞬間的事。摩根先生把手上的拐杖當作西洋劍擺開姿勢，朝年輕男人的喉頭刺擊。年輕男人手中的小刀滑落，看起來很痛苦地發出「唔唔」的聲音，並把手按在喉頭上不停的咳嗽。接著又有一個理光頭的男人撲上來，摩根先生快速地閃躲，把拐杖拿反方向，用堅硬的銀手把敲中對方的太陽穴，光頭的男人馬上癱軟無力。

兩名員警跳進來抓住摩根先生的手腕。佑介看到，想都沒想就抓起土塊朝警察一丟，正好打中警員的後腦勺，警帽也掉到地上。爺爺捏住佑介的脖子根部把他拉回來後，拍打他的臉頰說：「我不准你使用暴力。」

但這時現場已經開始大混戰。搞不清楚誰是敵是友，全亂成一片。電視台的工作人員在一旁看準了這個花絮，把事件從頭到尾拍攝下來。

隔天早晨的新聞節目中，把當時現場的情況播放到日本全國各地。包括摩根先生漂亮的西洋劍擊，和巧妙運用拐杖的身手，還有土塊打中警察後腦勺的瞬間……。

結果被摩根先生刺中喉頭的男人，傷重到必須接受緊急手術，那家「共同觀光」打算對摩根先生提起告訴。不過電視台拍攝的影帶中清楚地拍到，那個男人在摩根先生刺他的喉嚨前早就拿出刀子來，所以並不構成訴訟。就算真的上了法庭，以摩根先生的年紀來說，應該也只是會被「警告處分」吧。

不只如此，現在摩根先生已經成為全國注目的英雄了。讚美他的勇氣的信件蜂擁而至。也多虧這個事件，住在大阪的老奶奶地主也願意給他們翻挖掩埋場的許可。政男的父親運來挖土機，找當地的民眾及公所人員、還有電視台的工作人員及記者，一起見證挖掘的作業。

出現在僅僅離地面三十公分地底下的，是恐怖的真相：老舊的塑膠容器及含有劇毒戴奧辛的灰燼、輸血袋、使用過的針筒。許許多多各式各樣的醫療器具和醫療廢棄物埋了幾公尺深，垃圾惡臭撲鼻。接著挖到最底下，發現堆積著像污泥般灰色的東西。那正是流進小河裡的毒物。

政男的爺爺擠到前來視察的鎮長身旁，「你不是口口聲聲說『沒有毒，很安全』的嗎？」

鎮長滿臉歉意深深地低下頭，「我會把這些垃圾完全清除乾淨。我們也是被那間公司騙了。」

政男的爺爺走向正觀看整個作業的摩根先生，伸出手來：「這次你是正確的，多虧你幫忙。」

摩根先生握著政男爺爺的手說道：「我有件事想拜託你。我的池塘裡有好多大口黑鱸，能不能請你的孫子政男幫我捉魚呢？」

「我知道了。」政男的爺爺滿臉笑容。就這樣，橫亙在兩人之間的不愉快於是煙消雲散，長年的爭執終於結束了。

13 尾雉與小狗

今天是十一月二十五號，是開放打獵日子。在下了今年第一場雪的這一天，摩根先生帶著波西去森林散步。

接下來的幾天，手上提著槍的男人們將從各個地方來到這片森林。那之中自然也會有急著找尋獵物而毛毛躁躁的人，所以讓波西在這一帶自由奔跑相當危險。像波西這種毛皮鬆鬆軟軟的小獵犬，一定馬上被誤認成獵物狙擊。因此今天用鎖鏈綁著波西，她因為這樣而老大不高興。

雪只積了幾公分，所以還不難行走；而且獵物的足跡又很清楚地印在地上，對獵人來說，這樣的天候最求之不得了。摩根先生也發現了陌生的腳印——是兩個人和一隻狗。摩根先生看到狗走在主人前面、歪歪斜斜的步伐，判斷說「這一定是一隻獵犬」。

這片森林是摩根先生的私有土地，其實他有權利立一塊「禁止狩獵」的牌子，禁止別人在他的森林裡打獵，但他想跟當地的獵人維持友好關係，所以並沒有這麼

做，只有跟熟識的獵人拜託說，「幫我留意有沒有違法盜獵的惡劣獵人」。森林的池塘邊常有被列為保育鳥類的鴛鴦來玩耍。

清晨摩根先生聽到槍聲，為了查看情況，他特地繞到大池塘那邊去。就如他所預料的，池邊散亂著腳印，雪地上滴著紅色的血，旁邊倒著一隻小鴨子。

摩根先生自言自語說：「唉，這隻鴨子真可憐，不過獵人一定很高興吧。」這時山上又傳來槍聲。「這是十二口徑的槍哪。」摩根先生喃喃地說完，在雪中沿著自己來時的足跡，慢慢踱步回家。

到了門口他把波西的腳擦乾淨，一起進去家裡。自從多布因為吃了有毒的肉而喪命之後，摩根先生變得更加小心，晚上也不讓波西睡在外面的狗屋，一直讓她待在屋裡。

在他添足了廚房暖爐的柴薪、也把兩根大的薪材加到客廳的暖爐時，剛好有人來敲門。

站在大門口的是杉田老人和他的孫子政男。

「請進！」摩根先生語氣興奮地說道。「你來的正是時候！我剛好要泡茶呢。」

再怎麼說摩根先生和杉田老人的不和也持續了二十年，前些日子才剛和好如初，現在這樣面對面，對兩人來說還是有些尷尬。

摩根先生把新沏好的紅茶及餅乾放到桌子上後，問杉田老人說：「你今天早上打了鴨子嗎？」

「是啊，打到兩隻綠頭鴨。」

杉田老人從深咖啡色的狩獵用帆布袋裡，取出一隻漂亮的尾雉。牠的鳥尾比身體長多了，呈現紅棕色和黑白相交的條紋圖案。

「給你吧。」

摩根先生伸手接過杉田老人遞到面前的尾雉，陶醉地欣賞著。

這真是一隻令人愛不釋手的美麗雄雉。牠的身體呈紅棕色，背部有白色的斑點，隆起的胸膛上，還有比起其他地方稍微深一點的黑色斑點。在日本可以狩獵的鳥類中，尾雉恐怕是最貴重的鳥了，牠的肉質既鮮美、羽毛又美麗。由於牠直直劃過天空的飛行速度非常快，技術好的獵人無論誰都想親手打下這個獵物。然而現在杉田老人卻要把牠送給自己。

「這可是很貴重的哪，真的要給我嗎？」

「我們有鴨子可以吃，這個你吃吧。」

杉田老人清楚記得摩根先生最喜歡自己做毛鉤。尾雉的羽毛最小，身上的圖紋又漂亮，對喜歡做毛鉤的人來說是很棒的禮物。當然牠的肉也最美味。

兩個人一起喝紅茶，一邊聊起打獵和今年野兔的數量等等。

「你放棄打獵真是可惜，你以前可是射擊的名人哪。」

「是啊。但是我老婆以前為了打獵的事，不是一直抱怨嗎？像是動物和鳥類很可憐啊，或是和獵友會的同伴一喝酒就不知節制等等。」

「誰教你喝的量比相撲選手還多。」

看到兩人笑得那麼開懷，政男也很高興。政男和佑介一起來摩根先生家玩幾次後，也和摩根先生親近了起來。

杉田老人他們回去後，摩根先生從書房裡拿出素描簿和畫具。因為他想，這麼漂亮的尾雉馬上煮掉實在太可惜了，在料理牠之前，先把那美麗的姿態畫下來。

等他打好素描、塗上水彩後已經是下午三點。掛鐘響了三下之時，他忽然想起研究生約翰．拉梅兒傍晚會過來。約翰昨晚打電話來，問說是否可以來造訪。

和那個年輕人一起閒聊野生動物和在野外冒險的事很愉快。約翰要來拜訪不論什麼時候他都很歡迎。進入秋天之後，約翰一直非常忙碌。他和他的同伴們一起設下四十幾個石油桶做的陷阱，在捕捉到的熊身上裝設發訊器、並且採集了血液及體毛的樣本。而且他的新研究也一步一步地進行著。這個新研究如果順利的話，只用少量的體毛，就可以判定那是不是偷吃玉米田裡的玉米的熊。約翰他們都衷心期盼，被冠上「有害野獸」罪名而被槍殺的熊能夠減少。

約翰他們為了說服當地的居民費盡心力。他們遊說當地居民，對搗亂田地的熊第一次先懲罰就好，不要馬上殺死。

為了如此熱心的約翰，摩根先生站在廚房準備好吃的料理。他在桌子上鋪了好幾張報紙，把尾雉放上。這麼做是為了怕拔羽毛時把廚房弄得亂七八糟，還有為了好好保存羽毛的緣故。他接著把尾雉拿到客廳，用手拔不起來的小小羽毛就用火來燒。結果滿屋子都充滿嗆鼻的煙味。

摩根先生在已經拿掉內臟的尾雉全身上下搓揉鹽及胡椒。他把尾雉放進抹上橄欖油的鐵鍋裡，倒了白酒、蓋上蓋子，然後把鍋子放到暖爐上。

摩根先生又用香草及雪莉酒、水、獨門祕方等製作了特別的醬料。原本為了要品嚐尾雉細緻的口感，是不必加醬料的，不過有了這種醬料，淋在飯上或用麵包沾著吃都非常美味。

這時，聽到車子開進前院的聲音。波西黏著摩根先生一起到門口迎接約翰。約翰露出燦爛的笑容，手中抱著一隻毛髮鬆軟的小狗。

「我可不光是為了老師帶這隻小狗來的喔。我想請波西照顧這隻小傢伙。波西，妳說好不好？妳要幫我好好教他喔。」

約翰蹲下身來，抓一抓波西的耳朵，對她說道。波西興奮極了，從剛剛開始就一直跳來跳去。摩根先生把小狗抱起來，仔細地看著他。這是一隻公狗，毛的顏色是黑色接近棕色。牠的毛既長又鬆軟，有點像哈士奇狗，而且眼睛炯炯有神，看起來很聰明。

「他一個月前才剛離開母親斷奶。」

「喔。他的確是一隻小可愛，而且還真是奇怪的雜種狗。波西，妳說呢？」

摩根先生把小狗拿到波西的鼻頭前，波西便開始嗅小狗身體的味道。就在這時，她好像被彈開似地往後跳。因為小狗開玩笑要咬她。波西馬上就回到原位，一口咬住小狗的鼻子。看到這個情景，摩根先生不禁放聲大笑。

「看來波西會當一個嚴格的老師喔。不過你找不到其他人收養牠嗎？這個小東西長大後，應該會很英俊。」

約翰微笑著說：「不，是牠自己說『想要住在這裡』的呢！」

「因為這裡飄著好吃的東西的香味。」約翰隨摩根先生走進客廳時說道。

「今天的晚餐有尾雉可以吃。副菜是野米（wild rice）加豌豆、紅蘿蔔和沙拉。我還得到了一瓶索甸（Sauternes）出產的美味白酒喔。」

就在摩根先生和約翰靜靜享受晚餐的同時，杉田家這邊正圍著鴨肉鍋大家熱熱鬧鬧地吃飯。

今天碰巧來玩的佑介，也留在政男家接受晚飯招待。政男很得意地向佑介誇耀他爺爺射擊的技術。

「那隻尾雉突然從樹木間飛出來，掠過我們的頭頂，咻的一聲，就像箭一樣快，往狹窄的山谷間直直衝去。爺爺他一槍就把牠打中了呢。碰！佑介，你看過飛翔的尾雉嗎？」

「沒有耶。普通的野雉我看過好幾次。我爺爺今天也打下兩隻喔。」

「完全不一樣哦。尾雉比野雉飛得快多了，也很好吃呢。」

「你可以給我看嗎？我從來沒有看過尾雉。」

「不行啦。爺爺把牠送給摩根先生了。」

政男的母親聽了，很佩服地說道：「爸，你做了一件好事呢。摩根老師疼愛的狗死掉後，他一定很難過吧。」

爺爺聽完哼了一聲。「他那個笨老頭，竟然放棄打獵。他自己已經什麼都捉不到了。他剛開始就該虛心一點聽我的話。」

佑介和政男互看一眼相視而笑。因為佑介平時就常聽政男說，我們家的爺爺非常頑固、又愛逞強，聽到耳朵都要長繭了。不過政男也說，雖然他爺爺看起來很難親近，不過習慣了他說話的方式，在一起會非常開心。他還說，這地方沒有人比爺爺更熟悉這裡的山林，連爸爸也比不上。

「這隻鴨子很好吃。」佑介說完，政男的母親說道：「很高興你喜歡。要不要再來一碗？」

「好，謝謝。」

佑介心想，如果待在東京，就絕對吃不到這麼好吃的東西了。

14 派對之夜

門田老師一直注視著佑介從斜坡上滑下來的姿勢，佑介照著他剛才教的技巧，很努力地在練習全制動滑法。看見佑介緊緊抿著雙唇，門田老師不禁微笑，雖然佑介的臉被太陽眼鏡遮住看不到眼神，不過他一定因為過度集中精神，導致眼睛瞇成一條線、看起來像是在瞪人吧。從滑雪場這裡放眼望去，可以看到山腳下一片城鎮及湖泊，還有遠方的山峰。這天天氣晴朗，溫暖的陽光下新積的雪閃閃發亮，正是個適合滑雪的好日子。

門田老師很喜歡滑雪。他在校內創設滑雪社，也教學生們滑雪。不消說正是門田老師熱情地邀佑介來滑雪的。

其他的學生們由杉田政男帶頭，大家都飛快地滑了過來。政男的滑雪技術在班上是數一數二的，只要他想爭冠的話，搞不好能在大會拿下冠軍。但是門田老師並沒有叫政男要多練習。即使如此，政男的滑雪成績還是保持在平均點上。

政男很俐落地成功回轉，飛濺起的雪花正好撲到佑介身上。政男提起滑雪桿跟

他打招呼後，又順勢滑下去了。門田老師看著佑介好不容易滑到滑雪場下面後，再跟著滑下去。

「你滑得不錯喔。我看你全制動滑法已經沒問題了。」

但是佑介表情木然的看著他的同班同學們說道：「大家都滑得比我好。我滑得最差了，我看我還是放棄好了。」

「怎麼可以說那種話。兩天前你剛套上滑雪板的時候，不是連站都站不好嗎，但是你現在已經能一個人滑下坡了。才兩天耶！你聽我說，這個冬天你先好好練習，等到冬天快結束時，你還是討厭滑雪的話，到那時候再放棄還不遲。」

門田老師用兩手把滑雪桿定住，身體一股腦地向前傾。

「我在上大學之前從來沒有滑過雪，但現在，我每年都期盼冬天快點到來。我教你一個滑雪的訣竅，就是好好練習把基礎打穩。只要基礎紮實，以後不管你到什麼地方滑雪都不會有危險。來，我們再來挑戰下一個滑雪場。」

佑介轉頭一瞧，心頭再度襲來一波恐怖的浪潮。下面的滑雪場的坡道看起來很陡，而且底下那些正在滑雪的人看起來好小，彷彿匆匆忙忙擦身而過的螞蟻大隊一樣。

「但是我已經累了……」

「你不是累，是害怕吧。沒有關係，會怕是當然的。聽好，你就用全制動滑法直直滑下去，就像要上航空母艦的噴射機一樣，一直線喔。走吧！」

站在斜坡頂上的佑介害怕到全身顫抖。從滑雪板前端看下去，滑雪場根本就像橫切面垂直的懸崖。佑介心想，這種地方怎麼有辦法滑。然而，他跟門田老師一起步就很順利，中途沒有一次跌倒，也沒有撞到任何人或東西，最後安全滑到坡底。等他回神的時候，剛才害怕的感覺像做夢一樣不知道消失到哪裡去了，佑介還想再繼續滑，這種興奮雀躍的感覺還是生平第一次。他聽見背後門田老師的拍手聲及笑聲。

「你看吧，你這不就會了嗎！學到這個階段，之後就輕鬆了。」

某天晚上，佑介吃完晚飯來到摩根先生家。這天是為了一週兩次的英文課。最近政男也和佑介一起來。摩根先生每次都會準備各式各樣好吃的東西招待他們，像他自己做的全麥餅乾或是水果派，上完課後還會講一些摩根先生以前有趣的事蹟。要是沒有這麼多好處，政男大概會找什麼藉口翹英文課吧，因為政男的英語不太行。

「What did you do today?」（你今天做了什麼事？）

「政男說：「ㄟ、ㄟ，這個嘛……滑雪。」

「摩根先生故意做出滑稽的表情。

「You ate a ski?」（你吃了滑雪板？）

「摩根先生伸開兩手仰頭說道：「Oh, please save this poor boy. He was so hungry he ate a ski.」（喔，請救救這個可憐的少年，他餓到竟然把滑雪板吃掉了。）

佑介忍不住咯咯笑了出來。

「哪裡好笑啦？」政男說。「摩根老師剛剛說什麼？」

「他說政男你吃了滑雪板。」佑介把情況解釋給政男聽。剛才政男一直重複「ㄟ、ㄟ」，剛好跟英文 eat 的過去式 ate 的發音很像。

「What did you do, Yusuke?」（佑介你今天做了什麼？）摩根先生問道。

「I went skiing.」（我去滑雪。）他說完轉向政男說。

「He , too.」

白天門田老師邀佑介他們去滑雪。

「You both went skiing. Good. Mikio, do you like skiing?」（你們兩個都去滑雪了啊，很好。政男，你喜歡滑雪嗎？）

政男差點又要說出「ㄟ」的音，他趕快把它吞回來，回答了「Yes」。

那天的課學習 Go 這個單字。其他還有未來式 will go（打算去）、表示願望的 want to go、還有 went 這個過去式。

政男還沒有抓到學英文的訣竅，一臉不快的表情。佑介知道政男其實是在忍著羞恥，就像剛開始學滑雪時的自己一樣。佑介剛開始很怕上山頂，因為他覺得在大家面前一直跌倒很丟臉，所以故意說「累了」當藉口。政男現在也是一樣。

剛好這時候，響起「噓……」的小小的聲音。三個人一齊回過頭，看到小狗正蹲在地板上，暢快地撒尿。「小秋！這個愛惡作劇的小鬼！」摩根先生說著一邊站起來，抓住小狗的脖子後根，把小狗的鼻尖掠過在地板上形成的小水窪，然後拿捲起的報紙朝牠的屁股啪的打了一下。接著輕輕提起這個如小毛球一樣的身體，丟出門外。小狗被丟到寒冷的屋外，馬上發出嗚嗚的哀鳴。

「為什麼要叫他小秋呢？」佑介問道。

「聽說牠的血統有一半是秋田犬。而且牠來我們家的時候正好是冬天。」摩根先生拿起抹布一邊擦拭地板一邊繼續說。

「以前西洋人說，狗是人類最好的朋友。狗會保護家人和牲畜，可以一起去打獵，而且一直跟在主人身邊。狗也被允許進入家中或城堡裡，甚至是人更私密的地方。因為狗待在人身邊，變得很能理解人的心情和語言。」

話說到一半，波西跑過來摩擦摩根先生的腳，叫了一聲。「好、好，我們現在就把小傢伙放進來。」摩根先生打開大門的瞬間，小狗飛快地跳進屋裡來。波西立刻從後面趕上把小狗壓制住，小狗便發出嗚嗚的低鳴。

佑介朝政男小聲說道：「摩根先生一定是因為不想再發生像之前那樣的事，所以才把那隻小狗養在家裡的吧。」

「或許吧。」

十二月下了好幾場雪。佑介一有空閒就跑去滑雪場，現在已經可以一個人坐纜車上山，自己滑到山下了。他的父母親聽說結婚前在美國常常一起滑雪，等寒假他們兩人來長野的話，下次就可以三個人一起滑雪。佑介很期待那一天的到來。

但是他的期待似乎要落空了。因為父親打電話來說：「工作的關係，今年沒辦法在日本過新年。」

他父親說，在工廠設置新的電腦機械之前，他都必須要待在威爾斯。更不湊巧的是，連母親都被派到中東去做採訪。雖然母親非常高興說「這是一個很好的機會」，但佑介卻沒辦法打從心裡替母親高興。即便他試圖忍耐，寂寞和不甘心的情緒還是不斷地湧上心頭。

在心情如此難過的情形下，摩根先生正好來邀請他一起過聖誕節。

「佑介，十二月二十四號和二十五號這兩天和我一起過吧。有各國的年輕朋友會來我家喔。不只是大人，還會來兩個小朋友。一個十四歲、一個十二歲，都是很好的小孩子。他們兩人的日文都不是很好，佑介在的話可幫我們一個大忙。」

佑介還在猶豫。這個邀約聽起來的確比在爺爺家，跟堂姐里香一起看電視、吃蛋糕有趣多了。

「我可以邀政男和里香一起來嗎？」

「當然囉！」

到了當天，爺爺開車把佑介及里香送到摩根先生家。兩人到達時，摩根先生家前已經停滿了車子。

佑介手上拿著一瓶包裝得很漂亮並且繫上緞帶的威士忌。那是小林家要給摩根先生的禮物。

來到大門迎接他們的摩根先生，已經因為喝了酒而滿臉通紅。他佈滿皺紋的臉笑道，「Welcome! Come in!」

屋內充滿笑聲和音樂。不知是誰正在彈鋼琴。在此之前，那台鋼琴一直都是緊蓋著琴蓋，孤獨的佇立在廣大客廳的一角。現場還有人彈吉他和拉小提琴；有人在拍打像鼓一樣的樂器，其餘的人也都一起合唱。

暖爐的火燄熊熊燃燒，屋內四周裝飾著用彩色的紙圈串起來的紙繩，上面佈滿黃色果實的槲寄生及聖誕卡片一排排釘在牆壁上。

來的客人有一半是日本學生。這當中，有自那場有毒廢棄物事件後來拜訪摩根先生，求他「收為徒弟」的大學西洋劍社及劍道社的社員；還有研究生約翰．拉梅兒。

大家留意到佑介及里香後，一齊揮揮手跟他們打招呼。摩根先生馬上把他們介紹給大家認識。

第一個向他們自我介紹的是一個頭上包著大頭巾的男人。來自印度的這個人，皮膚黝黑又長滿鬍鬚，看起來很可怕。可是打過招呼後，他的臉上洋溢著充滿親和力的笑容。

接著打招呼的是個頭很高的兩個金髮男人。他們說是來自澳洲及瑞典。暖爐旁一個年輕的金髮女生，正在和一個看起來比她年紀大很多的東方男生認真地用英語交談。她看起來二十歲左右，個頭小小的但很漂亮。

「她是來自德國的留學生貝兒多莉斯。」摩根先生介紹道。聽說她和約翰同一所大學，正在學習日本的古典文學。和她交談的男生是台灣的醫生王博士，也是正在日本做研究。

「你們過來一下，我有客人特別要介紹給你們認識呢。」

摩根先生說完，把兩人帶往放著漂亮聖誕樹的房間相反的方向。

一個佑介從未見過這麼漂亮又優雅的女人站在那裡。她穿著純白的晚禮服、披著繡著美麗刺繡的披肩，身旁有一個穿著牛仔褲及毛衣的男孩和一個女孩。兩人都是得到母親遺傳的俊男美女。三個人微笑的時候，都露出一排純白的牙齒。看他們的五官，都是高挺的鼻樑、咖啡色的大眼睛、富有光澤的巧克力色肌膚。

「米里亞姆，我向妳介紹一下，這是佑介和里香。他們兩個是伊娃和愛爾密爾斯。」

母子三人牽起佑介他們的手，客客氣氣地跟他們握手。

「初次見面。」米里亞姆說道。兩個小孩子則是微笑以對。

「米里亞姆老師是出生在衣索比亞的醫生，現在正在日本的大學醫院從事研究。伊娃和愛爾密爾斯去年春天從紐約來到這裡，現在上東京的國際學校。」

摩根先生用日語說明完後，接著用英文說道。

「佑介是我的助手也是夥伴，他平常幫我做很多調查，特別是在研究扭來扭去、滑溜溜的東西的時候。這個年輕女士是里香，她是佑介的堂姐。」

摩根先生舉起自己的玻璃杯用鉛筆敲打，發出噹、噹的聲音叫大家注意。

「各位先生女士，」他開始用英語致詞。「我非常高興聖誕夜的今晚大家能來到我家，現場有許多離鄉背井、大老遠來到日本的人。衣索比亞、印度、瑞典、德國、法國、台灣等等。這當中，也有特地從九州及北海道及東京來的人……」

摩根先生幽默的話語讓大家都笑開來了。

「聖誕節對不是基督教徒的人來說，也是一個特別的日子。為什麼這麼說呢？因為這天是一年當中夜晚最長、黑暗最深邃的一天。這天過後，白天會漸漸變長，夜晚會慢慢變短，可以說是一個轉折點。」

摩根先生說到這裡看著澳洲人微笑。

「當然在你的國家的話，全部都完全相反。」

這句話又立刻引起全場一陣大笑。因為澳洲在南半球，季節正好與北半球的國家相反。「所以大家來期待春天的陽光，一起慶祝聖誕節吧。」

摩根先生再度舉起酒杯說道：「大家，歡迎你們到來。」

「聖誕節快樂！」

「啊，還有一件事情。」摩根先生說道，「大家注意到了嗎？這個房子裡的每一個房間，都吊著槲寄生喔。很久以前克爾特的習俗說，聖誕夜晚不管是誰都可以親吻站在槲寄生下面的美女呢。不，即使站在槲寄生下面的不是美女，親吻女性可是紳士的義務。當然今天晚上大家可以不用擔這個心，站到槲寄生下面的男士們，都可以得到我的愛犬、波西的熱情一吻哦！」

聽得懂英語的男士們不禁發出歡呼聲。

餐桌上擺滿了聖誕夜大餐：包肉的派、水果和果核的派、切成薄片的火腿和芥菜、涼拌泡菜、香腸和臘腸拼盤、甜點，還有烤一整隻的大鯉魚，摩根先生說，烤鯉魚是德國傳統的聖誕節料理。至於英國的傳統大餐，要等到明天的聖誕節再端出來招待大家。

摩根先生沒有問為什麼政男沒有來。或許他不問也猜到原因了吧。佑介在邀政男參加派對的時候，政男的反應相當冷淡。「我不想去一個都是老外的地方。他們和日本人完全不一樣，怎麼知道會發生什麼事。」

其實政男不想來是因為英語不好怕丟臉吧。佑介的英文其實也沒有那麼好，不過現在他正對著衣索比亞的少年愛爾密爾斯，拼命用不溜口的英語交談。

愛爾密爾斯的姐姐伊娃在紐約出生。聽說他們的祖父母那代從衣索比亞逃亡出來，因為當時衣索比亞發生大革命，支持皇帝海雷・賽拉西的人接連慘遭殺害。他們的父親出生在衣索比亞北部山岳地帶的城鎮拉立貝拉附近的小村落，因為厭惡跟鄰國索馬尼亞的戰爭，拼死逃到國外。他半工半讀，靠著自己的力量從大學畢業，在醫學院和他們的母親米里亞姆相遇。

「我爸雖然成為西洋的醫生，可是他是一個非常著重傳統的衣索比亞人。」愛爾密爾斯說。

「那他現在人在哪裡？明天會來嗎？」

佑介的詢問讓愛爾密爾斯輪廓深邃的臉龐瞬間籠罩上一層陰影。愛爾密爾斯搖搖頭，小聲地喃喃說道：「他已經過世了。我爸爸被盧安達殺死了。」

之後佑介從摩根先生那裡聽說，原來米里亞姆的丈夫、也就是伊娃和愛爾密爾斯的父親阿貝貝．格德雷格爾吉斯博士，那時加入義工醫師團隊，前往非洲難民區進行醫療工作。但是有天夜晚難民區遭到武裝游擊隊襲擊，阿貝貝為了保護他的病患而丟了性命。佑介聽完整件事的始末，受到相當大的衝擊。他平時住在安全的日本，不管在電視上看到多少戰爭的新聞，都沒有實際的感觸。沒想到現實生活中真的發生那樣的事。

摩根先生對受到衝擊的佑介微笑說道：「聖誕快樂，佑介。謝謝你來參加今晚的派對。」

那天深夜佑介上床的時候，他的腦子裡還不停地想著許許多多的事情。其中他最深刻感受到的是，自己其實是多麼的幸運。他想，我有爸爸媽媽，即使現在不在身邊，但是現在自己正生活在一個安全的國家、過著幸福的生活。他還想著另外一件事，就是雖然不同國家和文化的人和我們有許多不一樣的地方，不過比起差異來說，相同的地方絕對是更多的。

國際色彩豐富的聖誕節，真的好愉快！

當天晚上出現在佑介夢裡的，不是聖誕老人，是伊娃巧笑倩兮的美麗臉龐。

15 伊娃的祖國

聖誕節過了兩天，佑介再度來到摩根先生家。

他來是為了找在派對認識的衣索比亞人愛爾密爾斯遊玩；還有，雖然自己心裡不願意承認，他也想見愛爾密爾斯的姐姐伊娃。伊娃的母親因為還有工作，所以早一步回去東京了。

伊娃姐弟倆沒有滑過雪，所以摩根先生拜託認識的大學生帶這群小孩子去滑雪。佑介也邀請政男去滑雪，但是政男在電話中說自己很忙而拒絕了。看來政男實在很怕說英文、提不勁來的樣子。

不過，那天晚上政男終於露臉了。

「明天早上我們要去釣魚，我爺爺和爸爸問佑介你們要不要一起去。我們要去只有我爺爺才知道的好地方喔。」

「釣魚？要釣大口黑鱸嗎？」

「不是，是釣鯽魚啦。我們要用投網。」

聽到「釣魚」這兩個字，愛爾密爾斯的表情瞬間開朗起來。

「我想去！」

「好啊，那約幾點？」佑介說。

「明天早上十點我來這裡接你們。」政男回答。

這時，佑介注意到政男的眼睛一直盯著伊娃瞧。伊娃對政男微微笑了一下，他立刻慌張地低下頭來。佑介看到這個情景，胸口緊了一下——誰要為了一個女孩子吃醋啊！——佑介生平第一次體驗到這種感受，心情有些複雜。

隔天愛爾密爾斯和政男還有佑介三人，與政男的爺爺及父親一起坐吉普車出發。吉普車進到一條完全被雪覆蓋的田間小路後，停靠在小河旁。說是小河，看起來卻只不過是一條有水泥蓋的水溝。這條水路寬三公尺、深不到兩公尺，水流過生長在底部茂盛的蘆葦、蒲草還有糾纏在一起的水草。

政男的爺爺肩膀上背著投網，政男的父親提了兩個看起來很結實的塑膠袋，沿著水路向前走。佑介他們則跟在大人的後面。

一行人來到水路盡頭的池塘。水流湍急地流入池塘中，感覺快要衝出水泥的溝渠。就只有這個池子看起來水很深。

「這就是只有我爺爺知道的『好地方』。爺爺每年都會來這裡。」政男說。

池子前方設有「捕魚籠」，那邊有個階梯可以下池塘。所謂「捕魚籠」是一種切斷水流來捕魚的裝置。佑介他們站在一旁從上往下看政男的爺爺和父親進到水中。爺爺撒開了投網，再把網子慢慢拉回，僅僅這麼一次，網子裡就有量多到驚人的魚在裡面。是一些小小的銀色的魚。

「那是什麼？」愛爾密爾斯問道。

「呃……是鯽魚。」政男回答。

佑介用他帶來的口袋型字典查了「鯽魚」這個單字。

「鯽魚就是小隻的鯉魚。」佑介指著這個單字的項目說。

「歐洲鯽魚。」

「你吃那個嗎？」

面對愛爾密爾斯的尋問，政男回答：「Of course.」

政男的爺爺之後又投了四次網。兩個塑膠袋全塞滿了鯽魚。

「這個季節的鯽魚不吃餌，大家聚集在一個地方像個麵團一

樣。」政男的父親告訴他們。「算起來大概捕了兩百條魚吧。」

「已經夠了，我們回去吧。」爺爺說道。

回到政男家後，政男的爺爺展露了一手處理鯽魚的手藝。他不是把菜刀往魚腹切，而是從背部入刀。

「這種處理方式叫做『開背』，不去取出魚的腸子。魚肚是鯽魚最好吃的部位，因為鯽魚這個季節什麼都不吃，所以腸子最乾淨了。」爺爺說完，把網子放到暖爐上面平坦的地方，並且把處理好的鯽魚排在上面。他一邊往爐裡加薪柴不讓火熄滅，一邊留意何時要翻面，花時間將魚的水分慢慢蒸乾。

「以前做過冬的儲備食物時一下子就做五十公斤的鯽魚乾。這一帶還不是一片鋼筋水泥之前，要抓多少鯽魚就有多少。」

「今天去的地方也有水泥不是嗎？」佑介說。

「是啊，沒錯。不過河底的話還是保持自然的原貌，幸虧沒有多加什麼人工的干預，鯽魚也幸運地存活下來了。唉，雖然水鳥沒了，鴨子也完全看不到了，以前可是很多的呢。」

結果處理捕到的鯽魚總共花了兩小時左右，佑介他們一邊吃蕎麥麵一邊看著爺爺動作，怎麼看都不厭倦。

那天晚上佑介回到家裡，和爺爺及堂姐里香一起看世界地圖確認衣索比亞的所在。聽說里香今天一整天都用日語交雜英語和伊娃聊天。

「你看，在這裡。鄰接肯亞、索馬尼亞和蘇丹的國家就是了。衣索比亞是很特別的國家，以前稱做『非洲的西藏』，因為它是非洲唯一沒有淪為白人殖民地的國家。雖然在第二次世界大戰前到戰爭開始，衣索比亞曾經短暫的被義大利占領。日本和衣索比亞彼此相互尊敬，因為兩個國家都有很長的歷史，而且為了不被當成殖民地而努力跟西歐對抗的立場也是一樣的哪。」

「噫！」佑介很驚訝爺爺對衣索比亞的歷史這麼了解。爺爺用手指沿著藍色尼羅河指出河的流向。

「那個時候甚至還傳出衣索比亞的王子要和日本華族的女兒結婚呢。衣索比亞皇室的歷史相當久遠，在皇帝海雷．賽拉西被武裝叛變趕下王位之前，衣索比亞一直都是由皇帝治理的國家。」

「摩根先生說，愛爾密爾斯和伊娃就是那個海雷．賽拉西皇帝的親戚。」佑介聽到自己的新朋友原來和那麼有來頭的人有關，著實嚇了一跳。

「他們兩人會說日文嗎？」爺爺問佑介。

「他們只會說一些單字，不過都很拼命地在學。」

「明天你可以請他們到我們家喝茶。」

「明天大家約好要去政男他家，說是要搗年糕。」

隔天，大家在政男的家搗年糕的時候，摩根先生搭乘約翰的車來了。他手上提著烤鹿肉和一瓶用蘇格蘭產的花楸果實做的果醬。

「要不要喝一杯？」政男的爺爺把手中的杵立在臼上，粗魯地說道。摩根先生笑眯眯的說「好啊！」接受了喝酒的邀約。

他們兩人都一副泰然自若的模樣，但其實距離上一次摩根先生來政男的家，已經是二十年前的事了。政男和佑介彼此使了一個眼神；政男的父親也笑逐顏開。

政男的奶奶端來剛煮好的甜醬汁鯽魚，魚煮得很熟爛，連骨頭都可以一口吃下去。餐桌上也擺了切成薄片的烤鹿肉冷盤。

吃下一片鹿肉後，政男的爺爺大聲說：「嗯，好吃！你從以前開始就很會料理肉類哪。」

摩根先生幫政男的爺爺和父親斟酒，三個人看起來都很愉快。

「像這樣看兩個頑固老頭坐在一起喝酒不知已經是幾年前的事呢，你們能夠和好實在太好了。」

奶奶說完，他們兩人都不好意思地笑笑。這時摩根先生像突然想起什麼事似的，豎起手指翻找口袋。

「剛才忘記拿出來了！我有一個小禮物要給你。」

摩根先生取出一個折成兩半、看起來像錢包的的東西，往桌子上一推。那個錢包是皮革製的，上面綁著藍色絲質的帶子。政男的爺爺把它打開，裡頭竟然別著十二支精美的毛鉤。那些毛鉤是用細的絲線和色彩鮮艷的尾雉羽毛製成的。

「噢，它們好美！這些是用來做什麼的？」

因為伊娃沒有釣魚的經驗，所以摩根先生用英文跟她說明。

「這叫做毛鉤（fly）。看起來是不是有點像蟲？像鱒魚等的魚類看到它，會誤以為是食餌而浮上水面吞食它們，這樣一來就可以把魚釣起來了。現在這個毛鉤是用一種叫尾雉的鳥的羽毛做的。之前杉田先生打到這種鳥，把它送給了我。現在那隻鳥已經全部在我肚子裡頭啦。」

政男的爺爺把毛鉤一支一支仔仔細細地欣賞完後，輕輕地把它們包起來將絲繩打了結，然後很慎重的把它們捧起，向摩根先生點頭說道：「謝謝你，我會好好珍惜的。」

政男的爺爺只用日本傳統的釣魚法釣魚，到現在為止從來沒有使用毛鉤釣魚過，以後大概也不可能吧。他們兩人心裡都很清楚這點，但重要的是摩根先生包含在裡頭

的心意。或許哪一天政男的爺爺會跟當地的釣魚夥伴們炫耀這些毛鉤也不一定。

兩人從剛認識的那時候開始，就聊過好幾次與釣魚有關的話題，也曾為了方法不同而爭論不休。只有釣鱒魚和岩魚時，最好用前端是中型鯨的鬍鬚做的釣竿這點意見相同。以前的高級釣竿前端都是用又長又柔軟的中型鯨的鬍鬚所製成。

接著話題又轉到摩根先生帶來的鹿肉，但他們兩人的心裡還是在想釣魚的事。摩根先生想起年輕的時候，在蘇格蘭享受毛鉤垂釣的往事；政男的爺爺則是在想，用毛鉤的話根本不算是釣魚。他想只要把溪水的石頭稍微翻開來，就可以捉到活生生的蜻蜓當魚餌，幹嘛非得要使用毛鉤那種假玩意兒呢。摩根老頭只不過想要炫耀他運用針線的細膩技術有多難，但那種玩意兒在日本的河川根本不適用。日本的溪流周圍都是樹，一揮釣竿，釣線就可能勾住樹枝不是嗎。不過話說回來，他用我打下來的尾雉的羽毛做成毛鉤，這份心意實在令人感動。不對，要不是我怎麼打得到那麼漂亮的鳥呢。

之後，他們又從鹿肉講到蝦夷鹿、山豬上去，大家聊得起勁，話題不斷。

窗外不停下著像羽毛一樣大的雪。

「明天去滑雪吧。」政男說完，臉轉向愛爾密爾斯。

「喂，衣索比亞，雪？」政男用英文單字發問。愛爾密爾斯搖了搖頭。

「不會下雪。但常常下冰雹。」

「但是我們從來沒有去過衣索比亞，只有聽母親和王博士說過。」伊娃悲傷地說。「我母親說，哪一天我們要回衣索比亞，去尋找我們的親戚，或許還有親戚存活在世上。」

聽完愛爾密爾斯的話後，政男和佑介都沈默了。因為那是他們沒辦法想像得到的世界。

「戰爭不對。」政男的爺爺簡捷有力的說。摩根先生聽了微笑說道：「世界和平是最好的不是嗎？但是生活在日本這個安全的國家，常常容易忘記這個道理。」

佑介看著伊娃及愛爾密爾斯，他們兩人清澈的褐色眼瞳似乎在訴說著什麼。伊娃細瘦而柔軟的脖子上掛著雕飾華美的金十字架，閃爍著光芒。

「待在日本啊。」政男裝作蠻不在乎的表情說道。「永遠。」

「就這麼辦。」佑介也大表贊成。

大家接著邊吃熱騰騰的年糕和甜醬汁鯽魚，又繼續談起各式各樣的話題。窗外，雪下得比剛才更猛烈了。

16 滑雪場之爭

寒假下了好幾場雪。佑介和爺爺一起去摩根先生家，使用噴射式的除雪機鏟開一條小路。幸虧今年冬天下的好幾場雪，佑介現在已經完全習慣下雪的生活。不單單是玩雪及滑雪，還有像現在這樣在雪地裡工作。他一想到自己的進步，就感到相當驕傲。

等把小路鏟好，摩根先生請兩人進屋裡。他們坐在暖爐邊，喝加了混合著許多檸檬、肉桂還有蜂蜜的熱飲。摩根先生在自己的杯子裡還加了一些威士忌，爺爺則婉拒了。

「今天開車所以不能喝酒。最近警察取締得很嚴格。」

佑介眺望著窗外，一根覆滿雪的樹枝上吊著一個籃子，那裡有很多小鳥聚集並啄食。其中一隻是有柔亮的黑頭、白色腮幫子的大山雀，牠胸部上的黑色紋路看起來好像繫著領帶一樣，真是隻時髦的鳥。旁邊還看到一隻赤腹山雀、淡黃和栗子色相間的短尾，還有黑白格子花紋上有細小紅色斑點的小啄木，是啄木鳥的一種。

佑介開口問道：「樹上吊著的籃子裡裝了什麼啊？」

「那是上次那隻鹿的肥肉。」摩根先生回答道。「冬天嚴寒，小鳥們最喜歡吃那個了。季節溫暖的時候小鳥幾乎不會過來，因為有蟲可以吃啊。」

其實摩根先生反對餵食野生動物，但小鳥們過冬需要很多能量，而摩根先生在威爾斯時，他的爺爺就教他冬天要為鳥兒們掛充滿肥脂的肉在樹上。「而且看著鳥兒們，心情也很愉快。」

摩根先生從窗邊的桌子上取來素描簿，裡面畫著許多鳥類的水彩畫。

冬天的樹木偏黑色，比較粗壯的枝椏上都積滿了雪。佑介覺得在一片黑白相映、喪失色彩的景物中，羽毛色彩鮮艷的鳥兒們看起來真的很漂亮。摩根先生溫柔地凝視著專心觀賞鳥兒的佑介；他藍色的眼瞳像少年一樣閃閃發光。

「男子漢一定要懂得珍惜美好的事物，佑介你說是不是？」

佑介假裝望向窗外，其實他的心臟正撲通撲通跳著。

因為他感覺到自己的心事被摩根先生看穿了。這陣子他只要看到美麗的東西，腦中就一定會浮現出伊娃的臉。和伊娃一起去滑雪時，她那朝自己盈盈一笑的甜美笑容，怎樣都教人難以忘懷。

「是啊，真正的男子漢看到美麗的事物，都會想要好好保護他們的。」

摩根先生來到佑介身旁，把他寬大的手掌輕輕壓上佑介的肩膀。

其實在幾天前，和政男及伊娃去滑雪的時候，發生了一個小插曲。就在他們準備穿上滑雪裝備時，從口音聽來是關西的國中生們，朝依娃和愛爾密爾斯說些難聽的話。政男和佑介交換了一個眼神，馬上轉向那群國中生，把他們三人推倒。佑介用滑雪桿頂著其中一人說：「喂，注意你的嘴巴！」

政男則把雪鏡推到頭頂上，瞪著那群國中生。看政男的眼神，就可以知道他有多憤怒了。「這兩個人，對我們來說可是很重要的客人呢。」

這時那群國中生學校的老師也過來看發生了什麼事。

「怎麼了？」

「這群傢伙對我們衣索比亞的朋友說了非常過份的話，我要把他們趕出滑雪場！」佑介忘我的大喊。他的胸中現在漲起前所未有的勇氣。

那個老師注意到站在一旁眼睛睜得大大的伊娃兩人，脫下帽子低頭道歉。

「喂，你們也快點跟人家道歉！」

「抱歉。」那群國中生低頭道歉，政男和佑介咕噥了一聲。等那群國中生一臉掃興的回到他們同學那邊去後，伊娃說：「我覺得好丟臉。」

「咦？」政男和佑介異口同聲叫道。

「都是因為你們，大家都朝這邊看了啦。」

佑介的臉不由得紅了起來。「但是他們剛才很失禮啊。」

「我們早就習慣了。」愛爾密爾斯丟下這句話，自己下滑雪場滑雪去了。

「啊，我完全搞不懂女人在想什麼啦。」政男把雪鏡戴好，也跟在愛爾密爾斯身後滑了出去。

但是佑介的心裡還是氣不過。不管對方是誰，他都不能原諒誰對伊娃說過份的話，就算是比自己高大的對手他也不怕。

後來在回程的巴士上，伊娃對佑介的耳朵小小聲說道：「剛才其實我很害怕，怕如果你們跟對方吵起來，結果你們受傷了怎麼辦。但是，把那件事忘了吧，你和政男是我們的好朋友，這點就足夠了。」

伊娃的一句話，讓佑介一整天都覺得自己是個英雄。

窗外兩隻狗正互相追逐玩耍。小秋現在已經長得很大，一天比一天頑皮。就在牠們彼此戲耍之中，小秋把波西壓倒在雪地上，開玩笑地咬了波西一口。波西被咬氣了起來，馬上做出猛烈的反擊。她向現在體型已經長得比自己大的小秋大吼一聲，撲上去大大地咬了小秋的耳朵、用力撕扯到血都流了出來，讓小秋忍不住發出哀鳴。

「佑介，你看到了吧？體型大不代表就一定贏。波西就是用那種方式讓小秋知道她才是老大。」摩根先生說。

爺爺把自己的杯子拿到廚房的流理台，一邊說：「大家可以和平相處是最好的。」

「你們幫了我很大的忙，謝謝。」

摩根先生向爺爺及佑介點頭道謝，並遞出一個包裝得漂亮的酒瓶。

他們把除雪機搬上小卡車的台座後開車回家，回程路上爺爺悲傷地搖搖頭說：「對一個獨居老人來說，這地方的冬天實在很不方便。」他說完看了佑介一眼。「你也已經長大囉。今天真的幫了我很多忙，下一次我再教你除雪機的操縱方法，不過你不可以跟奶奶說喔。」

接下來過了幾天後的一個晚上，佑介的導師門田老師前來拜訪摩根先生。據門田老師說，大阪的那所國中的校長寄來抗議的信函。

那封信裡寫到，兩個少年在滑雪場對他們學校的學生故意做出危險的舉動，不但差點讓三個學生受傷，而且其中一個少年還拿滑雪桿頂人並出言恐嚇。那個校長不但要求佑介的學校做出「書面的正式道歉」，並且要求嚴懲兩人。

摩根先生已經從伊娃口中聽說那天在滑雪場發生了什麼事，不過他還是靜靜地聽門田老師敘述整件事的經緯。兩隻狗這時也來到他的腳邊。

「佑介他們兩人都承認在滑雪場跟人起爭執，但除此之外嘴閉得緊緊的，什麼都不肯說。我們學校的校長也說，在跟他們兩人問話之前，想先查清楚這件事的經過。我是跟他們說既然做下那麼粗暴的事，應該要跟對方道歉，但政男卻說出『要他道歉還不如要他死好』這種激烈的話，他們兩人的反應都很反常。」

摩根先生又吸了一口煙斗說：「他們的表現是男子漢理所當然的行動。」

「這話是？」

「他們做得很對。他們不是不說出真正的事實嗎。」

「這是什麼意思呢？」

摩根先生接著說出，那三個國中生朝那對衣索比亞的姐弟說出近乎「人種歧視」的話，還有在一旁的政男及佑介保護姐弟倆的事。

「如果是這樣的話，這件事沒有任何問題。我會把現在的話告訴我們校長，我想校長應該會好好的跟大阪的校長說明這個爭執的真正原因。」

「可是衣索比亞姐弟已經回到東京去了。那個女孩子說，覺得很羞恥，想要把

那件事忘了，所以教我不要講出去。其實光是跟你說，我就已經破壞和她之間的約定了。」

摩根先生一邊拿出蘇格蘭威士忌繼續說道：「我的學生時代發生這種事情的話，學校會讓吵架的孩子們再吵一次，這樣才能讓事情有個了結。言語的暴力是最卑劣的。如何，要不要喝一杯？」

門田老師在精神方面已經相當疲憊。學校的工作繁忙不說，去年他還被懷疑放熊逃走，被搞得七葷八素。難得有空閒去滑雪場，也得指導孩子們滑雪，自己根本沒時間好好玩。當老師實在真辛苦。

「謝謝，摩根老師，我很樂意陪你喝酒。」

「太好了。我去拿小菜來配威士忌，你可以幫我多添一些柴薪進暖爐嗎？」

摩根先生打電話給他衣索比亞大使的朋友，說明了整件事情，也把結果傳達給門田老師。大使答應會去向大阪的國中抗議，摩根先生講到最後時，稍微提高音量聲明，他今後會教佑介更多西洋劍的技巧。

之後，雙方的校長打電話激烈的爭論。大阪的校長在電話中大聲怒吼，不過最終還是收回了他的抗議。因為他向那三個與事件相關的學生問話，其中一人承認有說出歧視的話。

那個學生說：「因為我討厭日本裡有黑人。」

但是政男的父親和佑介的爺爺卻被叫到學校談話，因為校長想在放學後找家長談談。那天晚上，佑介的爺爺找了一個空檔跟佑介單獨談話。

「佑介，我小時候也曾經跟人家吵架，但是你要記住一點，在日本的法律中，使用武器的人是會受到嚴重處罰的。唉，我也不是要責備你，但是滑雪場那時有很多人在旁圍觀，也有人看到你抓住對方的後脖根威脅人家。」

「爺爺，你不知道他們做了什麼過份的事。」佑介突然提高了音量，氣得滿臉通紅。

「嗯，我或許不清楚他們做了什麼，但是我清楚一件事。你剛住進這個家裡來的時候，還是個怯生生的小孩，但現在你正成長為一個勇敢的青年，所以我不希望你走錯路，就只是這樣而已。」

「是摩根先生說出去的嗎？」佑介問道。爺爺心裡想，不希望佑介對摩根先生的信賴受到打擊，所以雖然他討厭說謊，但沒有其他辦法，還是搖頭否認。

「對方學校的老師跑來抱怨的，而你學校的校長替你們辯護。聽好了，這不是在命令你，同樣是男人所以給你建議。如果我站在你的立場，我會去找校長，跟他說『對不起給您添了許多麻煩』。」

「錯又不在我們，不管是我還是政男……」

「夠了。我不是說你做錯，也沒有叫你去跟對方道歉。只是要告訴你，你們的校長坦護了你們，禮貌上你應該去跟他打聲招呼。」

這時奶奶從廚房大聲問道：「你們兩個在講什麼？」

「沒什麼，男人之間的小事。妳端酒出來給我。」爺爺的語氣就像了不起的國王一樣大聲命令。爺爺向佑介眨眨眼，兩人彼此笑了一下。

「我知道了。爺爺，我會去道歉的。」佑介垂下頭來。

奶奶把德利酒瓶端過來，將酒杯斟滿，爺爺看起來很滿足的把杯子裡的酒一飲而盡。

他倒了第二杯酒，把酒杯遞到佑介面前。

「老頭子，他還是個小孩怎麼可以喝酒。」奶奶出聲制止。

「只不過一杯而已。讓他知道酒的味道也是種學習，而且這個酒是我們兩個一起鏟雪才得到的呢。喝吧。」

佑介喝掉杯子裡的酒，這是他第二次喝酒。第一次是喝新年的屠蘇酒，味道非常甜。然而現在這杯酒是代表爺爺要傳達給他的訊息——「我們已經訂下男人之間的約定，所以這件事就到此為止不要再提了。」——佑介知道爺爺是想要告訴他這些話。

「對了，今天早上你去學校之後，你媽有從倫敦打電話來喔。她說沒有辦法跟你一起過新年，心裡真的覺得很抱歉。但是聽說中東那邊現在情況相當嚴重。」

佑介點了點頭。他父親也寄了裡頭夾著壓歲錢的信來，信裡一樣也是寫著，他覺得沒辦法回來過新年很可惜。

「我在這裡也跟大家一起度過了快樂的新年。所以爺爺，我沒關係的，我知道爸媽的工作很重要。」

爺爺又往自己的杯子裡斟酒。

「是啊，現在這個時代大家都在世界各地到處跑，這也沒辦法。不過這裡的新年也不壞，對吧？」

奶奶打開電視機，三人一起看關於中東情勢的新聞。

「明明就有更好的解決方法，為什麼以色列跟巴勒斯坦就非得一直打下去呢，我真的不懂耶。」

看到小孩子向士兵們丟石頭的畫面，爺爺義憤填膺地說道。這時畫面上又出現一台戰車向建築物發射砲彈，電視畫面頓時一片煙塵迷漫。

17 轉機

波西從剛剛開始就坐立不安，一邊低聲嗚叫，一邊在大門口和客廳之間走來走去，等不及「客人」的來到。小秋跳起來大聲地吠了一聲當作信號，摩根先生跟在狗兒的後面趕快走到門口。一打開門，就如他們所等待的，是佑介站在門外。

「來，請進。」

摩根先生引領佑介進到客廳，客廳的暖爐正燃燒著熊熊的火燄。現在東京那邊已經充滿春天的氣息；但由山林所環繞的這一帶，天氣依舊持續寒冷。

「奶奶說這是老師愛吃的。」

佑介遞上裡頭裝了手工「款冬味噌」的瓶子。這是摩根先生喝酒時最喜歡配的小菜。

摩根先生道了謝後，一直盯著佑介的臉瞧。

「佑介，你今天的表情很嚴肅，是不是遇到了什麼問題？」

佑介一向都把內心裡的話告訴摩根先生。當然他對爺爺奶奶也從不說謊或隱瞞，哎，不過偶爾還是有怎樣都無法說出口的事。

「我媽說她要一直待在日內瓦。」

「來，先坐下來再說，我們來喝茶吧。」摩根先生溫柔地招呼佑介後，走到廚房。其實佑介的父親從威爾斯打電話給摩根先生，事先拜託他「請跟我兒子談談」。

佑介的父親因為工作的關係，已經決定還要在威爾斯的工廠再待一年，所以他想至少在那裡再努力個三年。佑介也已經完全習慣父親不在身邊的生活，到現在，他覺得父親就是只有放假才會偶爾回來的人。

但是這回，連母親都說要去國外工作。聽說電視台要派她去日內瓦當歐洲特派員。歐洲那裡現在正因為歐盟而起了很大的變化，而且中東及伊斯蘭世界的情勢也必須要持續關注，所以能夠在這個時期去歐洲，對母親來說，是求之不得的大好機會。

因為這個緣故，佑介的父母便想要把佑介接去英國。只要他進英國的住宿學校，一個月至少可以跟父親或母親見面一次，偶爾也可以一家三人一起生活。

摩根先生一邊泡紅茶，不禁歎了一口氣。自從佑介來到這個地方後，他的成長令人刮目相看。以前他最討厭上學、沒辦法與周圍的人打成一片而關在自己的象牙塔中。但是那時的佑介現在已經不存在了，現在他可是生龍活虎到讓人受不了呢。

多虧常和政男他們一起去滑雪和釣魚，佑介的肌膚曬成小麥色，身體也變得緊

實了，而且他也很熱中於摩根先生的英文課。佑介這麼充滿活力、快樂地在這裡生活，現在卻要……。

摩根先生心裡其實不希望把佑介送到其他的任何地方。他想，如果這個孩子離開了，他會有多麼寂寞啊！

摩根先生面向佑介坐下，啜飲了一口紅茶。

「你在煩惱什麼呢？昨天你父親也打電話給我了。你現在的心情很複雜吧？好不容易滑雪也進步了，在這邊也交到了朋友……。佑介你覺得怎樣呢？我不會告訴其他人，你跟我說你的想法吧。」

「嗯，其實我也不知道。我很滿意現在的生活。我很喜歡爺爺奶奶，也不討厭去學校，但是我也想見爸爸媽媽……。」

幾個月以來，佑介頭一次再度露出這樣暗淡的表情。

「你想太多的話，很多煩惱反而會在腦中轉來轉去、轉不出去。你如果想『算了，事情自然會有辦法解決』，不要去多想，你會發現到自己真正想要怎麼做。怎樣，喝完茶後要不要去散步？」

「但英文課怎麼辦？」

「我們可以在森林裡上課啊！」摩根先生說。

溫暖的陽光照在樹幹上，樹木的根部落下看起來像圍上「裝飾領口」的圓環陰影。面向南邊的垣牆上的雪已經融盡，從去年積到現在的落葉的縫隙中，可以瞧見黃綠色的款冬。摩根先生摘了兩三個款冬邊說：「這個英文叫做 butterbur。但是幾乎很少人知道這個單字，一般人都是叫它 colts-foot，colt 是小馬的意思。」

摩根先生蹲下身來，在雪地上畫一個葉子的形狀。「你看，這個葉子的形狀是不是跟小馬的馬蹄很像？」

佑介聽從摩根先生的建議，平時都隨身帶著一本小筆記本，他把款冬葉的形狀素描下來，在旁邊寫上 butterbur 和 colts-foot。因為摩根先生特別叮嚀他在背英文單字的時候，不要用片假名記音，一定要把正確的英文拼音寫下來。

「山毛櫸的英文怎麼說？」佑介指著一棵大樹問道。

「Beech」摩根先生一邊回答，又再度蹲下去，在雪地上寫下一段話：「英國也有山毛櫸，但幾乎都是人工種植的，不像日本有這麼大片齊整的山毛櫸樹林。」

摩根先生接著往前走，用他的拐杖敲打另一棵大樹。

「這是 oak 的一種，日文叫做 mizunara，跟英國的橡樹是血緣最近的親戚喔。」

對凱爾特系的英國人來說，橡樹是多麼神聖的樹木——佑介想起摩根先生以前告訴過他，多虧用以橡木做的材料造船，英國的海軍才能那麼強大，有力量派遣調查隊到世界各地，建立起許多殖民地。

佑介在森林中一面走著一面繼續做筆記，他的筆記本裡馬上就寫滿了好幾頁樹木的名稱。

「chestnut 是栗子」、「walnut 是核桃」、「wild cherry 是山櫻」、「magnolia 是木蘭」、「horse chestnut 是七葉樹」……。

每看見一棵不一樣的樹，摩根先生就說一段他跟那種樹的往事。

兩人在森林裡散步著，佑介不知何時已經把他的煩惱抛到九霄雲外。雖然佑介及摩根先生都沒有說出口，但兩人的心情其實是一樣的——如果我真的去英國的話，就沒辦法像這樣跟摩根先生一起度過快樂的時光，我也一樣覺得很寂寞啊。

三天後，摩根先生受小林家招待去吃晚餐。晚餐吃完後，佑介去政男家做功課，家裡只剩下佑介的爺爺奶奶及摩根先生三人。

「我兒子和媳婦要把佑介帶去英國，讓他在那邊的學校讀個兩年書。」爺爺首先開口。「但是我和老伴都不贊成。當初是他們說到佑介唸完國中的這段期間讓他待在日本比較好，事到如今又要叫他去英國，說什麼要佑介在那邊上學，課外再上日文課就不會忘記日文。」

奶奶也插嘴道：「那個孩子在東京的學校過得很痛苦，來到這裡好不容易才習慣了這邊的生活，終於跟大家打成一片，所以我覺得他待在日本是最好的。摩根老師覺得呢？」

摩根先生抓抓頭，皺起眉頭來，表情顯得相當困擾。

「這是他們親子間的問題，我這個外人插嘴的話……」

「話不能這樣說。你也是我們的家人，我們認識到現在不都超過三十年了，而且佑介打從心底尊敬你。請告訴我們你的意見吧。」爺爺強而有力地說道。

「真是個難題。我也不知道怎麼做才好。一來親子間分隔太久不是件好事，二來佑介去國外學習交新的朋友，英文進步的話未嘗不好。但是佑介離開的話，大家都會寂寞的吧。所以不管選擇哪一條路都有它的好處和壞處，我覺得交給佑介自己決定比較好。」

爺爺也點頭表示贊成。佑介開始在這裡生活之後，摩根先生和佑介的爺爺奶奶人生中的大空洞終於得到了填補。三個人年紀都越來越大了，正因為如此，離別對他們來說是非常難過的事。

但是想到佑介的未來，他們也不好反對。他們也絕對不希望造成佑介和父母感情疏離，而且在國外生活及學習也是件好事。跟佑介剛到這裡的時候相比較，他現在已經明顯地成長了。他的身體變得高壯，皮膚曬得看起來很健康，臉上也充滿了自信的表情。

但話說回來，如果佑介被丟到一個完全陌生的世界，難道不會反過來比以前更關進自己的象牙塔裡嗎？

摩根先生說服爺爺奶奶他們，在英國的生活和學校不需要操心。雖然他自己也已經三十多年沒回到故鄉，到現在待在日本的日子加起來反而比在祖國還要長。

最後三人做出的結論是，就讓佑介自己做決定，不管他做什麼決定都支持到底。

「佑介，你自己決定吧。我們都認為現在的你，應該已經能夠好好地思考、選擇正確的道路。」

佑介聽完爺爺的這句話，一直認真思考到深夜，最後在隔天早上向爺爺說：「我想先去英國一個月，再做出結論。這麼一來，既可以在威爾斯跟爸爸一起過，也可以跟媽媽見到面。但是要我去有一個條件。」

爺爺奶奶覺得不可思議地互相看了一眼，把身子挪前。「什麼條件？」

「我希望摩根先生也一起去。」

爺爺奶奶聽了異口同聲叫道：「什麼！」

「摩根先生已經很多年沒回去他的祖國了不是嗎。如果我不邀他的話，我想以後他也絕對不會回去看看。所以如果摩根先生願意跟我一起的話，我會去英國。」

奶奶似乎想要說什麼，可是被爺爺「噓」的一聲制止了。

「我知道了，我這就打電話給你爸爸，我們先跟他講這件事，你再自己跟他說你的想法。你也可以寫信給你媽。但是我不能保證摩根老師會答應，去英國是長程的旅行，他年紀也大了。」

「我會跟他拜託看看的。」佑介說。

其實佑介知道，現在在威爾斯的一條叫做卡地夫的街道，正在開設摩根先生的繪畫個展。摩根先生講這件事的時候，眼神悲傷地看著遠方，「唉」的嘆了一口氣。

「時間都已經過了這麼久了……」佑介並沒有漏聽摩根先生小小聲的自言自語。佑介心想「上了年紀的人，在做什麼決定的時候還是需要勇氣的啊」。

爺爺開小卡車送佑介到摩根先生家。「請跟我一起去威爾斯。」佑介說完，摩根先生嘴巴張得開開的看著佑介，然後又轉向爺爺那邊要求他說明是什麼情況。

「佑介說他想先去英國一個月看看，再決定要不要待在那裡。但是他說如果你不一起的話，他就不去。」

「真是糟糕。我想跟佑介一起去，但我沒辦法啊，我還有狗兒們呢。」

「如果是這點你不用擔心。」爺爺說。「我們會照顧你的狗，也會按時餵牠們和帶牠們去散步。」

但是摩根先生也相當頑固，一再地找理由拒絕，遲遲不肯答應。於是爺爺朝向佑介說：「我看是沒辦法了。我不早就跟你說摩根老師不可能跟你一起去的嗎？我跟杉田老爺說這件事的時候，他也說『摩根老師已經上年紀了，怎麼有辦法長程旅行』。」

爺爺話才說完，摩根先生馬上被紅茶嗆到。佑介在心裡偷笑，因為他知道政男的爺爺根本就沒有說這種話。

「唉，實在真可惜。這樣的話，我只得跟爸爸媽媽說我不去了。」

「你可以自己去啊。」摩根先生說。

佑介搖搖頭。「不，大家叫我自己做決定，所以我下了決定。摩根先生告訴我許多與英國及威爾斯有關的事。我跟摩根先生學英文，也比在學校學的要多很多。我知道現在在卡地夫正開著摩根先生的繪畫個展，也知道大家都希望摩根先生能夠到現場。我們家的情形也是一樣的，就像摩根先生沒辦法拋下狗兒們回威爾斯，我同樣不想離開爺爺奶奶和這裡的朋友。」

這以佑介來說已經是大演說了。

爺爺語氣溫柔地問道：「回去離開了幾十年的故鄉有什麼不好嗎？」

這句話傳達了爺爺溫暖的心情。摩根先生不禁背著臉，把已經空了的茶杯收去廚房。等摩根先生再走回來時，他說了一句話：「我會在明天前給你答覆。」

佑介和爺爺都低頭道謝。

之後的幾個禮拜，積雪已經消失得無影無蹤，完全已經是春天的氣息了。

摩根先生獨自進入後山，手上拿著才剛剪下的水仙花束。

櫻花樹的樹林中包圍著一個小小的墓。摩根先生在妻子的墓前笨拙地跪下，垂著頭、閉起了眼睛。

「我要去威爾斯一趟。什麼，真的只是去幾天而已。到今天為止，我從來沒有放妳一個人在這裡過，但是這次我一定要回去，真的是最後一次。我要和一個年輕的朋友一起去。我中了他的計策，不得不答應說『好』，人不能不守信用的不是嗎？我旅行中也會一直想妳的。」

摩根先生一直在心中持續與妻子對話。但那是只有他們兩個才了解的悄悄話。

佑介向政男說出他要去英國的事時，政男皺著眉頭說：「哼，去了你還會回來嗎。」

「我當然會回來。就算真的決定要待在英國，我還是會先回來的。」

政男的母親在一旁說道：「佑介當然會回來的。他怎麼能讓上了年紀的摩根老師一個人回日本呢？」

聽到這句話，佑介才第一次發現到，這次的旅行不是要摩根先生照顧他，是他才應該負起照顧摩根先生的責任。

佑介說：「我一定會回來的，這是約定。」

他心裡起了不可思議的感覺，跟朋友約定一定會回來日本，竟然讓去英國這件事開始有了真實感。要去遙遠的英國、去摩根先生生長的國家，想到這點，佑介感到興奮不已。

18 前往威爾斯

飛機飛過俄羅斯山岳上空的這段時間，佑介的鼻子貼住玻璃窗一直往外看。

多麼廣大的一個國家啊！

從成田機場出發到整個飛離日本不過短短的幾十分鐘，在俄羅斯上空飛行卻彷彿地面永遠沒有盡頭似的。覆蓋著皚皚白雪的山岳、由深邃的森林所包圍的山谷、還有流過山谷間縫隙的大河川——看著這片雄偉壯麗的景觀，佑介心裡想：那裡也有住人嗎？如果有人住在那裡的話，會過著什麼樣的生活呢？

放眼望去完全不見稻田及田圃，只有小部份的地方還看得到有道路通過。佑介想起學校的歷史課有教過，距離現在一百年前左右，日本曾經在戰爭中贏過這個國家不是嗎。但像日本這樣的小國，當時是怎樣打贏這個大國的呢？

這時空服員經過，開口問佑介要喝什麼飲料，佑介這才轉過頭來。

「請問要不要喝點什麼？要不要喝柳橙汁呢？」

「不。」佑介回答。

「那紅茶如何？綠茶呢？還是烏龍茶？」

「那請給我烏龍茶。」

空服員從推車拿起烏龍茶倒進紙杯中後，把紙杯遞給佑介。

「謝謝。」

佑介喝著冰涼的烏龍茶，一旁的摩根先生斜眼看了佑介一眼。

「剛才你跟空服員的說話方式不太禮貌喔。」

「為什麼不禮貌？」佑介睜圓了眼睛。

「說『Thank you』沒有錯。但是在回答人家的時候光說『Yes』、『No』的話是很粗魯的。這點很重要，你一定要好好記住。下次當對方要替你做什麼的時候，你要這樣回答：『Yes, please. No, thank you.』」

過了不久，剛才的空服員又再度繞回來問佑介：「你要不要再來一杯烏龍茶呢？」

「不用了，謝謝。」

摩根先生看到空服員微笑了一下，他在佑介耳邊輕輕說道：「很好，以後不要忘記喔。」

他們在荷蘭的機場轉搭小飛機。那是一架比之前的飛機還要小很多的直升機，座位也很狹窄。現在就要靠這架直升機飛越北海。飛機飛到英格蘭上空時，佑介又往窗外看去。

多麼翠綠的國家啊！從距離地面還很遠的空中往下看，可以看到很多道路及鐵路。終於在越過幾個山丘後，飛機朝卡地夫準備著陸。

入關審查的時候，窗口的辦事員滿臉笑容的對著佑介說，「歡迎來到威爾斯。」所有的手續辦完，佑介的父母已經在出口處等了。佑介被父母親輪流緊緊的擁抱，還真覺得有些不好意思。

「我已經取得休假，訂了很棒的靠海別墅喔。接下來的三天，大家就一起在那裡悠閒地度假吧。」

佑介的父親一邊開車，一邊心情愉悅地說道。現在雖然已經是傍晚了，但這裡的日照遠比日本要來得長，所以四周還像白天般明亮。

「對了，摩根先生，如果你沒有很疲倦的話，要不要順道繞去酒吧呢？」

「這個提案不錯，我很想喝道地的啤酒哩。」摩根先生說。

酒吧全名叫做「public house」，以日本來說，可以說是英國傳統的居酒屋。父親選的那家酒吧看起來很老舊，石板蓋成的屋頂配上厚石頭堆砌的石牆，再來不過就只有幾個小小的窗戶罷了。

摩根先生一直線的走到吧台，點了啤酒喝了一口，然後看起來很滿足似地咂咂舌頭，用手背擦過他的鬍鬚。「嗯，這才是真正啤酒的味道。我在日本最想念的就是這個酒吧、就是這個啤酒！」

「你不是也喜歡日本的啤酒嗎？」

摩根先生聽佑介帶著責備的口吻調侃他，忍不住呵呵大笑。後來進到店裡的人留意到佑介他們後，大家都面帶笑容親切地跟他們打招呼。

佑介父親租來的別墅，是建在可以從上俯視大海的山丘上。石頭堆砌而成的牆壁配上鐵做的大門、小小草地的庭園四周圍繞著花壇。這棟建築物的外觀看起來很古老，但室內完全是現代化的風格，和石頭重重疊成的酒吧不一樣，牆壁上漆著漂亮的油漆。

父親生起暖爐的火，母親把買來的食物收進廚房的架子上。佑介突然被旅途的疲倦所襲，癱坐在一張大大的扶手椅中。

「去洗個澡，會比較舒服喔，而且等一下可以睡得很熟。浴室在二樓的右邊。」

佑介爬上樓梯，浴室裡有一個澡盆。如果是在爺爺家的話，澡盆裡應該早就放好滿滿的熱水了，但眼前的澡盆卻沒有一滴水。佑介把澡盆的排水口堵住，轉開水龍頭，把水調到適當的溫度，就讓水流著跑到樓下去了。

大人們正在客廳的暖爐前喝著酒。

「我租了一個月的小村舍，請你一定要住這裡。」

摩根先生聽了這句話，很高興地說：「真的嗎？實在太感謝你了。其實我一個住在倫達村的表親問我要不要去住他那裡，但我自從海軍退伍後就一直沒有跟他見面，住這裡比去他那裡好多了。」

這時，突然有水滴滴到佑介母親的頭上。他們抬頭往上一看，天花板上有一塊黑黑的水漬正在擴大。

「糟了，是浴室的水！」急急忙忙衝上二樓的父親在樓梯上大叫道。

「浴室整個都完全浸水了，快點拿抹布和浴巾過來。」

佑介也上二樓看是什麼情形，他看到浴室的地板完全都是水。正用抹布急忙清理地板的父親看到佑介大罵他說：「佑介，你這小子，是不是沒有把水龍頭的水關起來？這裡不是日本，浴室沒有排水口耶。」

佑介頹喪地走出浴室。他怎麼知道英國的浴室會沒有排水口呢。而且既然沒有排水口，為什麼浴室又要在二樓……。

「以前有一次我心情糟透了的時候，曾經就是這樣把天花板弄壞了。放水進澡盆時一定要盯在旁邊看著才行。」摩根先生說完微笑了一下，「日本的浴室做得比較好吧。」

過了一會兒佑介的父親從樓上下來回到客廳，對佑介說聲抱歉，笑著說道：「不是你的錯，我剛開始就應該先教你要注意的。但是下一次你就要小心囉。」

之後，佑介終於洗好澡，鑽進被窩裡沈沈睡去。等他醒來睜開眼的時候，一時還搞不清楚自己究竟在哪裡。外面傳來海鷗的叫聲和波浪拍打岩石的聲音，樓下飄來好像是烤培根的香味。他趕緊換好衣服下樓，父親他們已經在廚房的大餐桌上吃早點了。

「佑介，吃吃看這裡的紫菜。」母親說道。

「這是威爾斯南部的傳統早餐喔，英文叫做 laver bread，是岩石上採下來的海菜。這種紫菜拌一點燕麥片再和培根一起下去烤，配吐司一起吃也很好吃喔。」摩根先生教佑介紫菜的吃法。把吐司撕成一小塊一小塊的配上紫菜，吃起來非常美味。

「你看，這就是英國的傳統料理喔。」這次換父親把一盤菜遞到佑介面前。「這個英文叫做 kipper，是把抹了鹽的鯡魚下去燻烤而成的，很配飯的呢。」

「在南威爾斯，海菜和 cockles 常一起煮，味道可棒得很。」摩根先生說。

「cockles？」母親問這個字是什麼意思，父親接口道：「就是蛤仔啊。」

「我小時候，有些女人會讓驢子或小馬拉車來賣蛤仔或是藍蚌，也會賣海菜喔。這一帶以蛤仔聞名，因為潮汐的潮差很大，退潮的時候潮淹區甚至到達海面。如果你們想的話，我們可以去附近採蚌殼，但是要把握時間，因為漲潮只有一下子而已。」

那天他們搭車出發前往威爾斯的首府卡地夫。摩根先生和籌辦畫展的人員約好要會面，佑介則和雙親一起去逛市集。

市集裡的攤位上掛著還保持著原來樣貌的兔子和野兔肉，野鴨和山雉等鳥類的羽毛也沒有拔掉，因為肉鋪的老闆會當場切割肉給客人看。佑介的母親想到摩根先生曾說過最喜歡吃小羊的肝臟，所以挑了一打的小羊肝連同其他的肉一起買下。

賣魚區排列著鮭魚、鯡魚、伊勢蝦、藍蚌、蛤仔、蛤蜊，甚至還有可食用的蝸牛。佑介注意到這裡的紫菜是一匙多少錢這樣賣的。

這裡的蔬菜水果看起來也很新鮮可口。母親選擇一個有活力的老奶奶擺的攤販，老奶奶說，所有的蔬菜都是今天早上從自家的田裡剛採的。

起司的種類也多得驚人，大部份都是一整塊圓的大起司擺在攤位上販賣。有客人來時，老闆才會拿起代替刀子的細鐵絲，將圓起司漂亮地分割。

他們走出市場的時候，佑介和他的父母親兩手都提滿了裝得鼓鼓的購物袋。之後三個人又在街道上散步，到快傍晚的時候他們和摩根先生會合，決定要去喝茶。

佑介的父親發動車子，摩根先生張望著四周說：「你現在要往碼頭的方向吧？」

「沒錯。」

「啊，你太太和佑介也在，還是不要去那帶比較好，那裡從以前就是不良份子出沒的地區。」

父親聽了回答：「我想現在那裡已經跟摩根老師看過的不一樣了呢。」

四個人來到緊鄰港口的教堂中一個小小的餐廳喝茶。據說以前這裡是挪威的水手們聚集的教堂。摩根先生看到這一帶現代化的景象，睜圓了眼睛說：「這裡完全變了耶！」

「變得比較好嗎？」佑介問道。因為老人家們常會把以前的時代比較好這種話掛在嘴邊。

「是啊，簡直就是奇蹟。」摩根先生說。「以前這附近全是煤炭船，到處都被煤染黑，而且還有兇暴的不良份子在這帶出沒。但是現在已經變得這麼乾淨整潔，還有各式各樣的海鳥在天空盤旋。」

「現在法律已經禁止在街道上燃燒煤炭了。多虧這項規定，這裡的城市都比以前乾淨漂亮。」父親補充說明。

「但是汽車排放廢氣污染空氣的問題還是沒有解決啊。」母親說。

「是啊，日本現在也在努力解決這個問題。所以開發比牛車更不會污染空氣的小轎車和卡車、巴士等，已經是未來的趨勢了。」

「但如果大型石油公司介入干涉呢？」

母親因為現在專做中東地區新聞的採訪，看來對這個問題並不樂觀。

「時代一直在改變啊。」父親說。

「說得沒錯。」摩根先生也點頭贊成。「看到威爾斯的改變，時代的變動並不壞啊！」

19 展覽與兔子

摩根先生的個展盛況空前。展覽首日的宴會上，有好幾個從倫敦來的英國及日本的名人顯要到場。當地的報社及電視台也來採訪，因為曾經是奧運銀牌得主的摩根先生，相隔幾十年又再度回到威爾斯。佑介的母親所工作的日本電視台也來採訪。

佑介也跟在市長及其他來賓的後面，一起繞著整個展場。牆上掛著的水彩畫裡有好幾幅是佑介曾經看過的，因為摩根先生在畫那些畫的時候，他正好就在旁邊。那些畫裡有摩根先生家附近池塘的一對鴛鴦，還有嘴喙啣著小隻鯉魚的翡翠鳥。描繪出早春山毛櫸的大件畫作中，地面上還留著殘雪，充分表現出季節性。當佑介看到畫著波西和多布的畫時，他想起被毒死的多布，心中湧起一股感傷。

摩根先生長期描繪的對象，是居住當地的自然景觀及生活在那裡的人們的種種風貌——在田裡工作的人、燒炭及編竹籃的人、圍在地爐旁吃晚飯的家族姿態。展覽會場的牆壁上也掛了大小不一、各式各樣的花鳥及動物的繪畫。

「這個鳥尾很長、眼睛周圍是一圈鮮艷藍色的鳥叫什麼名字？我從來沒看過這種鳥！」

被市長詢問，摩根先生回答道：「這是三光鳥的雄鳥，它棲息在我的森林裡。」

接著市長又走到隔壁的一幅畫前問道：「咦，這不是熊母子嗎。日本也有熊嗎？」

「嗯，日本住著兩種種類的熊。北海道有毛皮是咖啡色的棕熊，我住的地方則有黑色毛皮體型較小的月輪熊。」

「噢，那麼這花是蘭花嗎？」

「對，是野生的蘭花。以前當地開了很多蘭花，但現在有很多從大城市來玩的人都會順手偷摘。」

「為什麼會有這種事呢？」市長問道。「不過如果有人在你的森林偷摘，你不會善罷干休吧？」

市長對著站在一旁的當地森林公園的主任監察員說。

「當然最近幾乎沒有發生到森林遊玩的人隨便攀折花木的行為，不過如果發現有人這樣做的話，一定會有誰出面制止、或是向我們通報。」

跟在大人後面聽摩根先生的解說，佑介的心中漸漸有種溫暖的感覺。因為彎著高大身體努力解釋說明的摩根先生的話語中，充滿了對日本的自然及人們真實的愛。

一個一直到剛剛都跟摩根先生說話的大人轉向佑介說道：「摩根先生說你是他非常重要的朋友呢。你有看過活生生的熊嗎？」

「嗯，我有看過。」佑介回答。

「佑介不只有看過熊，他還救過熊的性命呢！」

摩根先生一邊說一邊朝佑介眨眨眼。「不過這件事等下次有機會再說，現在這裡有日本的媒體不太方便。」

佑介聽了嚇了一跳，睜大了眼看著摩根先生。哎呀，果然一切都逃不過摩根先生的眼睛！

宴會還繼續進行著，等到他注意到時，身旁只剩下剛才提起熊的事情的那個公園監察員。這人看起來也不太習慣這種交際的場合，大部份時間他高大的軀體都緊繃著。佑介見了覺得好像遇到同伴一樣，鼓起勇氣主動用英文開口。

「威爾斯也有熊嗎？」

那個主任監察員看到日本的少年用英文跟他攀談，起先是嚇了一跳，不過馬上就回以微笑。

「只有動物園裡有。野生的熊早在幾百年前就被殺光了。你們的森林裡還有熊，實在是一件幸運的事。」

佑介也點點頭。雖然當地有很多人不這麼認為。

「那你們還有其他什麼動物呢？」佑介問道。

「呃，讓我想想，我們有鹿、狐狸、獾、野兔、兔子、臭鼬、黃鼠狼、老鼠、田鼠、土撥鼠等等，最近還發現水獺呢。」

佑介因為主任監察員舉出的幾個動物名字他都知道，所以很高興。這多虧摩根先生平時給他上英文課的成效。他抓住耳朵聽到的最後一個字問道。

「水獺？」

「對啊，牠們最近又回到這個地方了呢。之前河川長期受到污染，但現在已經完全變乾淨了，所以河裡又開始有魚類生存繁殖，水獺自然也就回來囉。」「這真是個好消息呢。」不知何時回來到他們旁邊的摩根先生說道。

「海獺在日本幾近已經完全滅絕了吧。」

「為什麼？日本不是有很適合海獺生存的河川嗎？」

「以前日本的河川是海獺容易居住的環境。但現在河邊都蓋了水泥堤岸、或是河川污染越來越嚴重，海獺已經無法在日本生存了。」摩根先生表情悲傷地說道。

他們講的話題太艱深，佑介已經聽不懂了。而且只要一提到與大自然有關的話題，摩根先生的長篇大論暫時不會結束吧。所以佑介從兩人身邊走開，在展場裡繞來繞去尋找他的父母親。

佑介的母親正與駐倫敦的日本大使館人員談話，他們的表情看起來相當嚴肅。佑介怯生生地靠近他們，母親一看到佑介馬上微笑抱住他的肩膀，向使館人員介紹。佑介很有禮貌的打了招呼。

「佑介，媽媽明天必須要回倫敦去，現在的中東情勢一刻也不能錯過。你不要緊吧？晚上你爸爸工作完就會回家，週末我們也就能一起過了，而且現在又有摩根老師在身邊。」

佑介聽了不禁嘟起嘴巴。

「妳非去不可嗎？不能和我們在一起嗎？」

母親直直地看進佑介的眼。

「我一定會補償你的，我保證。但是現在中東的狀況可能會導致未來局勢完全改觀。不只是中東，甚至會影響到全世界的未來呢。你要了解，你和你爸對我來說都是重要到勝過一切的，但這件事是媽媽被交付的工作。」

「我知道了啦。」佑介冷冷地回答。「對媽媽來說那是很重要的機會對吧。」

佑介很氣他大老遠從日本來到這裡，母親卻要拋下他跑去別的地方。不過比起這份心痛，佑介更感受到強烈的不安。母親去中東那種危險的地方，如果發生什麼不測怎麼辦。佑介一想到這點，就害怕得不得了。真的發生什麼事的話，他和父親該怎麼辦才好？

回程的路上，這種不安一直在佑介腦中打轉。為什麼大家都不擔心母親去中東後的安危呢？父親看起來很高興地向摩根先生道賀。的確，才展出第一天，就已經賣出三十幅畫了。看來摩根先生的個展非常成功。

「我們馬上來慶祝吧！今天晚上我們就在外面吃飯，要吃什麼好呢？」

「我想吃咖哩。」摩根先生說。「我一個學生說，英國的咖哩是全世界數一數二的好吃咖哩。」

「那剛好，我們來這裡途中經過的史旺基那兒，就有很好吃的印度料理餐廳喔，要不要去那家店看看？」

那家印度料理真的非常好吃。從主廚到服務生全部都是印度人，不過服務生講的英文操著很重的威爾斯口音。佑介的母親問服務生在威爾斯住幾年了，那個年輕人回答「我父母和我都是在這裡出生的」。

佑介雖然沒有說出口，但他留意到英國有許多膚色略黑的人，而且開電視的時候也好幾次看到膚色較黑的播報員。在此之前，佑介一直以為英國人都是雪白的肌膚，要不然就是像摩根先生這樣微帶粉紅色的皮膚。他向母親提出這個疑問，母親告訴他，英國有很長一段時間在全世界各地擁有殖民地，那些殖民地獨立後，英國大部份還是會認可舊殖民地的人過來。

「但是這卻造成現在歐洲的一個大問題，因為無法杜絕非法進入像英國這樣先進國家的偷渡客。」

「不過要移民日本可是比移民其他國家困難好幾倍呢，即使是遵循正當的手續。」父親說。

「那摩根先生之前到日本的時候也遇到困難嗎？」

摩根先生聽了佑介的詢問後笑道：「剛開始花了我很多功夫呢。唉，與其說是『困難』，還不如說是『麻煩』。最剛開始是沒有簽證不行，後來結了婚，去學校教書，才取得移民許可證。之後還又得隨身帶著那張令人不愉快的『外國人登錄證』。現在總算是得到日本的公民權，成為真正的日本人了。」

看到和三個東方人用流暢的日語聊天的摩根先生，服務生問他住在日本的哪裡。摩根先生回答了這個問題後，反過頭來問服務生。

「你有去過印度嗎？」

「沒有去過。不過我父親說，他學生時代曾經去印度旅行過。我父親的感想是：印度熱死了，人又多得不得了。」服務生說完笑了一下。

雖然佑介的父母親常去國外旅行，現在人就在國外工作，但佑介不知道為什麼還是覺得日本人就應該住在日本，其他國家的人也是一樣。

「大家應該要好好思考彼此的角色。」摩根先生說。「連一杯紅茶都喝不到的話，一般的英國人都會跳出來激烈抗議吧。但其實不列顛島卻從來沒有出產過紅茶。」

父親又補充說道：「而且旅遊導覽書上也寫著咖哩是傳統英國料理之一。」

「我原本以為咖哩是日本的料理耶。」佑介的這句話引得全桌人都笑了。

「不過對我來說，咖哩還是日本料理啊。因為奶奶也常常做咖哩，學校的營養午餐也吃得到。」

「我也是一直以為只有威爾斯人才吃紫菜。」摩根先生說。

隔天早上早起的佑介，手拿著從摩根先生那裡借來的望遠鏡，一直眺望著別墅後院的斜坡上成群的兔子。他聽摩根先生說，那裡有很多兔子的巢穴。

天才剛亮，兔子們就全都從巢穴裡跑出來了，小兔子也在巢穴附近玩耍嬉戲。

對佑介來說，當然是第一次看到這麼多小兔子自由地跑來跑去。

佑介數了數究竟有幾隻兔子。五十、六十，不，或許有七十隻。兔子是很小心謹慎的動物，譬如有海鷗朝牠們接近，帶頭的兔子就會用後腳跺足。據說兔子們一得到這個信號，大家會同時搖著短尾巴逃到位於小山丘半山腰的巢穴。

如果是野兔的話，佑介在日本也有看過。不過遇到野兔的機率微乎其微，通常只限於草地上的青草都枯光的冬天、兔子們換上一身全白冬毛的季節。據摩根先生說，威爾斯也有和日本很類似的野兔，但是牠們絕對不接近人類住的地方，所以想看野兔的話非得爬上山不可。

「有機會的話我再做兔子和野兔的料理給你吃。」摩根先生跟佑介約定。他說實際嚐過，應該就馬上知道兔子和野兔肉的差別。

佑介也曾經在大冬天去政男家時吃過燉野兔肉。但是如果有人問佑介想不想吃兔子肉的話，他實在不知道該怎麼回答。光是這樣看著兔子的一舉一動，他就覺得很新鮮有趣。

這時突然間一隻體型較大的兔子站了起來，牠豎起長耳朵探聽四周的動靜一邊嗅著鼻子，然後在那隻兔子用後腳頓足的當下，所有的兔子一齊往自己的巢穴飛奔而去。

佑介目睹了這個情景驚訝得愣住了，這時摩根先生從後院的垣牆走出來向他招手。

今天是摩根先生的表親預定要來拜訪的日子。

摩根先生的表親從車子上下來站在大門口前，他是一個身材矮胖的男人，看似鳥巢一般的頭髮已經完全花白。他和瘦削的摩根先生正好是相反的體型，年紀也比較輕，不過他的藍眼睛及往上翹的鼻子則和摩根先生一模一樣。兩個人彼此正對注視著對方，看起來好像是在從對方的臉上尋找著舊時的痕跡。接著兩人緊緊地擁抱在一起。

摩根先生轉向佑介的方向對他的表弟介紹道：「約，這個孩子就是信裡跟你提到的佑介。佑介，這位是我的表弟約．愛德華茲。」

愛德華茲先生微笑了一下，攤開兩手走向佑介。

「歡迎來到威爾斯，有希。」

摩根先生輕輕地打了他表弟的背說：「約，你要先記住這孩子的名字啊。佑這個發音沒問題吧，介是魚介類的介。你就想魚尾巴的介跟在佑的屁股後面，就叫佑介，知道嗎？」

「佑介。」愛德華茲複誦道。

摩根先生問要不要喝紅茶，愛德華茲先生說：「反正都要喝的話，何不去附近的小酒吧喝一杯呢。」

於是他們開車出發，路上愛德華茲先生問坐在助手席的摩根先生說：「從上次見面到現在過了幾年啦？是不是三十年沒見了？」

「都超過囉。」摩根先生回答。

「我本來還擔心見面時認不得人呢！」

愛德華茲說完笑了出來，向擋在鄉村道路正中央的羊群按了一聲喇叭。

20 愛德華茲家的聚餐

愛德華茲先生把車停在一個叫做「The Three Feathers」（三片羽毛）的酒吧前。

「吃中飯前我們先喝一杯吧。」

愛德華茲先生邊說邊穿過大門口朝吧台走去。從櫃台抬出頭的酒保一看到佑介，驚訝地揚起眉毛。

「我們不會待太久，你可不可以去外面的桌子等我們？」愛德華茲先生對佑介說。

店外擺著好幾張桌椅。從這裡可以看到道路及與道路平行的運河，運河上綠頭鴨看起來正在快樂地游泳。

另一方面在店裡的摩根先生，正和酒吧的店主及其他的客人用啤酒乾杯。爽朗的笑聲及懷念的威爾斯腔、紅通通的臉頰和粗花呢上衣，酒吧還是跟以前一樣熱鬧。以前摩根先生的父親和爺爺也常來這個酒吧，但現在大家都已經去天國報到了。以前聚集在店裡的礦工們的身影，如今也消失無蹤。這裡不再挖煤已經是幾年前的事了吧！那一張張被煤炭燻黑的臉、一雙雙沾滿煤灰的手，都到哪裡去了呢？大家都過世了嗎？想到這裡，摩根先生的內心深處湧出無盡的惆悵。

愛德華茲先生、摩根先生和佑介三人過了正午走出酒吧，前往愛德華茲先生的家。沿著山丘中間地帶的一條狹窄小路上，並列著一排石造的小房屋，那裡曾經是煤礦工人居住的地方。每間屋子同樣都是石板的屋頂配上小小的煙囪，不同的只是門及窗櫺的顏色。愛德華茲家就在其中一間。

愛德華茲先生家一共七口人，他的太太布若汀和兩個兒子戴和葛林，還有兩個兒媳婦及戴的獨生女，一起擠在這個小房子過生活。佑介也跟他們家族一一打招呼。

屋內已經完全改裝成現代化的裝潢，但是在廚房裡一起吃飯的習慣仍舊沒有改變。大家圍著的圓桌上擺著愛德華茲太太親手做的料理：烤羊肉、烤馬鈴薯、青豆和芽捲心菜、加了肉汁和薄荷的特製醬汁及麵包。而且因為今天是特別的日子，桌上還擺了一瓶紅酒。

佑介留意到，雖然在用餐中不論哪一個人都大聲地說話，但其中一個人開始發言，其餘的人都不插嘴靜靜地聽。由於摩根先生和佑介是大老遠從日本來的客人，大家都不斷問他們問題。

「我聽說日本到處都是人，東西都很貴是不是？」愛德華茲的兒子問道。

「我們住的地方不一樣。」摩根先生說道。「我們住的縣百分之七十是森林，幾個分散在各處的村落聚集在一起才合成一個小鎮。人口也只比一萬人再多一點點。當然像東京或大阪等大都市的話，的確到處都是人，而且非常現代化呢。」

「日本是什麼樣的國家啊？」戴還年幼的女兒問道。

「呃，要用一句話來形容日本很難哪。日本的最北邊有流冰，最南端則有珊瑚礁。我們住的山區夏天很涼爽，但到了冬天就會積厚重的雪。」

大家都很認真在聽，但似乎無法想像日本是什麼樣子。這時葛林看著佑介說：「他很會用刀叉耶，我以為日本人平常是使用筷子。」

「大部份的日本人都知道西洋的餐桌禮儀喔。」摩根先生做了說明。

「其實我以前也想試著用筷子吃飯過喔。」愛德華茲先生說。「有次我去一家在卡地夫的中華料理餐廳，用筷子好不容易吃完一半的菜，另一半全都掉到襯衫和膝蓋上去了。」

大家聽了笑成一團。

「別把約說的話當真。」他的妻子布若汀說。「他吃義大利麵的時候更蠢，把肉醬噴得到處都是。所以這個人的每條領帶，到處都留下污垢。」

看到佑介因為覺得有趣而大笑、開心地和外國人家庭共餐，摩根先生放下心來說道：「人沒辦法選擇親戚，但是可以選擇朋友。佑介，加油啊。」

他一說完，布若汀表情驚訝地說道：「啊，約翰在說日語呢！」

「你剛用日文說什麼啊？」

「我只是說叫他在小羊肉上多加點薄荷醬試試看。」摩根先生若無其事地說。

「這樣才幫助消化。」

就在大家談笑之中，餐後的點心米布丁已經端出來了。米布丁是米混合牛奶及砂糖、再加上些許奶油和肉桂及葡萄乾放進烤箱燒烤而成，對佑介來說是他生平第一次吃到。

「日本不是吃米飯嗎，今天這個是特地為你做的呢。」

戴的妻子露出得意的笑容，把米布丁放到桌子上。

「真拿他們沒辦法。」摩根先生稍微端起了盤子，對佑介說，「米布丁原本是印度的料理，其實就是甜的飯。佑介，為了促進日本與威爾斯的友好關係，你加減吃一點，忍耐一下。」

「你剛說什麼？」愛德華茲先生問道。威爾斯人真是好奇心旺盛

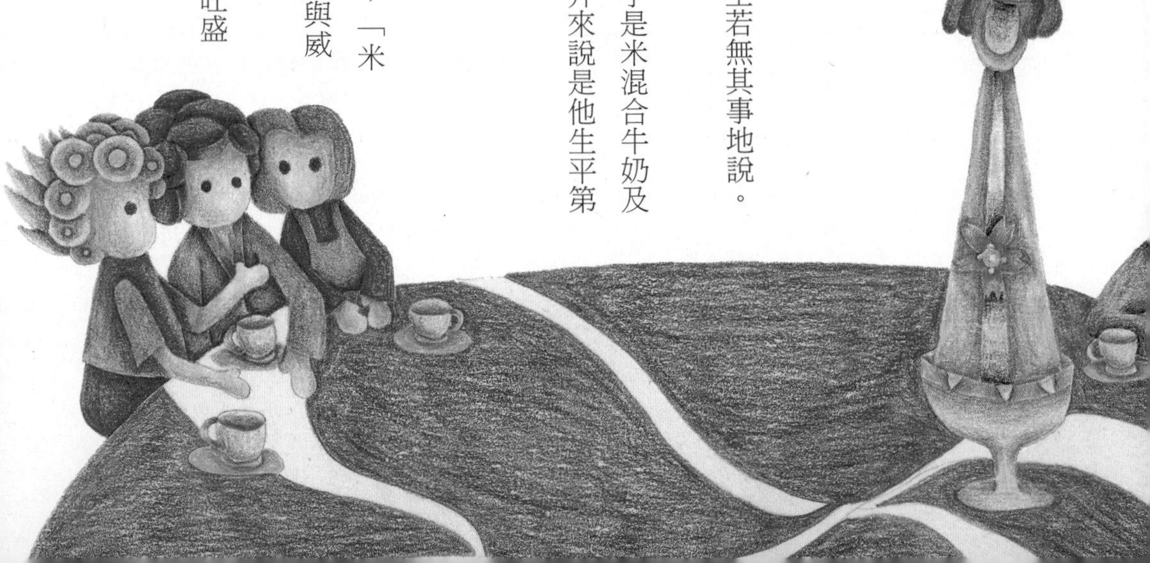

的民族。

「嗯，我只是告訴佑介說這是火烤過的。」

佑介稍微嚐了一口米布丁。雖然他的肚子已經很飽了，不過如果不去想那是米飯的話，其實也沒有那麼難吃。

「佑介，要不要多吃一點？」戴的妻子說。佑介心想，如果不吭聲的話，搞不好她會端來份量多到堆積如山的米布丁過來。這時佑介想到他已經練習過很多遍的英文：「No, thank you.」

那天下午，愛德華茲先生開車載摩根先生和佑介，到可以鳥瞰尼斯古城老街全景的山丘上。

他們下了車，往現在已經成了廢墟的小小古城上走，遙遠的下方，可以看到由老橡樹及石牆圍起來的一間農舍。那是一間石造的房屋，石板的屋頂上立著一根大煙囪。愛德華茲先生把手放在摩根先生的肩膀上說道：「喂，約翰，回到久違的家鄉覺得如何？」

摩根先生像在喃喃自語般說道：「沒有變，一點都沒變，跟過去一模一樣。」他拿出手帕來，擦拭了眼淚。

「我在海軍的時候，每次從海上回來，家裡不是狗死掉就是貓死掉。即使如此，年輕時總是覺得爺爺和奶奶會永遠待在那個屋子裡。但是我長大成人，離家的機會多了之後，有一天，和他們永別的一天突然到來了。爺爺和奶奶過世那年，我剛好二十歲，他們兩人曾是我的一切啊……。打仗的時候，我腦袋裡光想著是不是能活著回到故鄉、是不是能再見到爺爺奶奶呢？但是實際上先過世的卻是他們兩人。從戰場上回來，那個家就像從前一樣迎接我，然而爺爺奶奶卻已經不在了，我的內心就好像掏空了一個大洞似的。那之後你也知道，我就一直待在日本，父親及母親的葬禮也沒有回來……。」

愛德華茲先生又再次擁抱他已年老的表哥的肩膀。

「我知道的，約翰，你的心情我很了解，我想他們兩人也一定很清楚你的心情。像這樣看著那個家，我甚至感覺現在母親及貝斯嬸嬸就要從大門口出來，揮揮手喊說喝下午茶的時間到了，好吃的蛋糕在等著你呢，快點下來。」

愛德華茲先生說完咯咯地笑了。

「不過其實每次等在那裡的是她們對我的抱怨，誰教我老是惡作劇被鄰居投訴呢！」

兩人凝視著令人懷念的農舍及縱橫延伸整個山谷的鄉鎮，以及遠處的海面。

「現在有誰住在那個房子裡嗎？」

「你姐姐過世後，你又不回來，所以那間房子就賣給擠牛奶的馬希茲了，因為你父母親以前就很喜歡他。我現在還會想起那個男人來到我們家門前的樣子，他那輛二輪馬車看起來就像古代戰車。你還記不記得他是怎麼收集牛奶的？他不是使用一個兩側附著把手的、又舊又大的鐵罐嗎？」

「我還記得我們去看電影的時候，他會用馬車送我們到山腳下。一路上他還會說我們的祖先是怎樣勇敢地和侵略者羅馬人、薩克遜人、英格蘭人打仗的。」

摩根先生笑出聲來。「他真的是威爾斯的男子漢，生來就是愛國者哪！」

「他現在也一樣啊，雖然已經超過九十歲了。」

「既然如此，那我真想跟他見一面。」

「是啊。現在他已經完全聽不見了，不過或許還記得我們也說不一定。要不要現在就去找他呢？」

摩根先生嘆了一口氣。「不，今天還是不要好了，我還沒有做好心理準備要踏進那個家。」

摩根先生說完，轉向佑介露出微笑。「佑介，那個就是我出生的家喔。我帶你去我小時候常和約他們一起玩耍的地方。」

三個人從山坡上下來，前往横貫林蔭道的水壩。

水壩的老舊石牆上滿是青苔及羊齒草，中間還點綴了肩併著肩的紫羅蘭。水壩高挺的鐵門前方，連接著一條可以穿過水壩的小徑。這座古老石造的水壩到今日仍舊水流滾滾，據說它早在摩根先生出生之前、維多利亞女王的朝代就已經存在了。

他們三個人都從牆垣上把身子伸出去望進深邃的水面底下。從前這裡可是供給超過十萬人的水源。雖然這座水壩是一百多年前規劃的，但那時已經設想到為了不讓水底淤積污泥及植物、造成腐臭發生沼氣，設計讓水門每隔固定的時間就會開啟，這和日本的許多水壩都是相同的構造。

「我小時候還曾在那個儲水池裡游泳呢。」摩根先生說。「如果不要被警衛發現，就要把脫下的衣服藏好才行。要不然被發現的話，到哪裡都會被警衛追著跑。最好是挑夏天的深夜在那裡游泳，因為那個時間大人們都跑去酒吧了。儲水池裡的水是從山中引來的，所以非常冰涼喔。」

這次他們越過山毛櫸樹林，登上崎嶇陡峭的山路。這些山毛櫸都是高聳的參天古木，樹的表面覆蓋了一層帶著綠的灰色，表面顯得相當光滑。接著展現在他們眼前的是V字型的山谷，谷底的溪水流動快速像要把大石頭推走一般，溪流的前方有好幾個小瀑布及池塘。

「那個是人工瀑布。」摩根先生說。據說建瀑布的目的，是為了在河川暴漲的時候減緩水勢、預防河川的侵蝕作用，這樣做不但能避免泥巴淤積，還能防止防波土堤受到侵蝕。

這些人工瀑布雖是三百多年前設計的，但實在是很了不起的土木技術，至今已經為人工作長達好幾個世紀都不曾休息。四周的岩石已經覆滿青苔及羊齒草，即便是人造的工程也完全融入大自然的景觀當中，看不出人工雕鑿的痕跡。

穿過水壩的小徑上到處都有可以歇腳的地方。稍微停下腳步眺望遠方的話，可以透過樹林間欣賞到壯麗的景緻。最遠可以看到很久以前統治這個地方的領主（下令建設瀑布的貴族）曾經居住的古老大房子，及遙遠的海岸線。聽說這一帶的山毛櫸是和實行治水工程同一時期所種植的。

「比起醜陋的水泥建的水壩，這樣的水壩好多了吧？」摩根先生說。

「為什麼日本做不到呢？」佑介問道。

「不是做不到，是有沒有心做的問題。像這樣的建設也是同時考慮到美觀而建造的。你看那個，是鶺鴒呢！」

佑介順著摩根先生指的方向看過去，看到其中一個小瀑布上，停著一隻跟他在日本看過的、一模一樣的黑白鶺鴒。它每啄一下食餌，鳥尾就會上下搖晃。

他們往上走到瀑布的頂端，滿山的山毛櫸不知何時已經轉換成橡樹及野生的蘋果樹，前方的草地上羊群們正悠閒地吃著草。

「約，怎麼羊看起來比以前少了呢？」摩根先生問道。

「嗯，很不幸的，在口蹄疫流行的時候很多羊都被殺掉了。那時情況真是淒慘，不只是殺掉羊，還有牛及馬，成堆的屍體都用柴薪升火燒掉了。我想那也是當時不得已的處置，但那時的情景實在是非常恐怖。」愛德華茲先生說。

威爾斯的水霸不但沒有破壞原有的自然美景，還引用溪流的水到儲水池——水壩不但發揮應有的功能，而且也確實防止了河川的侵蝕及氾濫。看到這一切的佑介，終於明白為什麼摩根先生在日本的時候會那麼地生氣。

天然的岩石遠比水泥要來得美觀耐用，而且像那樣在山的斜坡上種植山毛櫸的話，不但可以防止土壤被侵蝕，土壤中還能夠儲蓄充足的水份。怎麼會有這麼合理有效的方法呢！然而威爾斯人卻早在三百六十年前就開始實行了。

摩根先生微笑著轉向佑介。

「這裡是個很適合培養男子漢的環境。你現在也應該了解，為什麼我這個老頭子會這麼以威爾斯為傲了吧？」

佑介點了點頭，摩根先生把手放在他的肩膀上。

「等你長大成人的時候，也一定會以和我同樣的心情，想起你在長野度過的少年時代。自己國家的大自然還是很不錯的吧？」

愛德華茲先生趕在晚餐前送兩人回海邊的別墅。吃晚飯的時候，佑介的父親問道：「你們今天過得怎麼樣啊？」

「我很高興能見到我表弟愛德華茲他全家。」

摩根先生說完，吐了一口捲菸草的煙。

「但是那群親戚問了太多無聊的問題。」

摩根先生透過玻璃杯的邊緣看著佑介的父親。

「哎，他們問我的就跟日本人會問的差不多。像是你敢吃生魚片嗎，這個問題就被問了不下千遍，還有光是會使用筷子大家就瞪大了眼睛。」

兩人都笑出聲來。在國外生活，不是只有快樂的一面而已，有時候也會發生令人焦躁或不愉快的事。

不過可以確定的是，在國外生活絕對不會無聊。

21 森林裡的特別教室

這個週末佑介的父親開車載他們前往森林公園，因為在摩根先生個展上遇到的那位森林公園的主任監察員理察德邀請他們到公園走走。

車子朝著溪谷的方向盡情奔馳，開到一個景色優美的地方時，摩根先生要求停車。他從車上下來，眺望著腳下的山谷後，抬起頭來看著造成山谷的兩座山的V字型斜面。

「我小時候這個山谷裡還蘊藏著很多煤礦，礦工在地面或是山坡上鑿很深的洞穴挖掘煤炭。那邊已經有鐵路通過。」

摩根先生邊說邊指著山谷的方向。「這一帶就像被土撥鼠挖過地洞一樣，到後來這裡的山幾乎成了廢墟，走到哪裡都光禿禿地看不見一棵樹。但你們看現在是怎樣！」

一眼望去，山谷的一邊被濃淡深淺的美麗綠色滿滿地覆蓋，已經不是昔日髒兮兮的煤屑山了。運送煤礦的鐵路、礦工們為了將煤礦拉上地面的起重滑車、以及鑽孔用的塔架，全都消失得無影無蹤，唯一保有過去面貌的，就只有石造的聯排屋而已。

「政府封閉這個煤礦坑的時候不巧遭到豪雨侵襲，斜坡上的煤屑全被沖刷到下面，造成山腳下的小學被土石流吞沒，當時在校內的老師及兒童全被活埋無一倖免。」佑介的父親說。

「這個事件讓政府注意到今後也可能會再發生一樣危險的意外，所以開始了整治廢礦山的工程。他們先在山坡上做擋土牆，將崩落下來的煤屑聚集在一處。接著煤屑上面灑肥料，等待青草生長。等到山上漸漸展露綠意後，其他的植物也開始長大。因為風吹來的種子或是隨著鳥及動物而來的種子也都落地生根了，然後他們再種植許多的樹木。現在你所看到的，就是大家花了三十多年努力得來的結果呢。森林有支撐山坡的土壤、儲蓄水份、淨化土壤的作用，爸爸就是想讓你和摩根先生親眼見到這個景象。」

「對啊，那條河川以前很濁，現在卻變得這麼乾淨。」

聽到摩根先生的驚歎，佑介的父親微笑了一下。理察德接下來帶著佑介他們往山腳下的河川走去，沿著河川旁的林蔭道散步。

「十九年前從日本帶來的苗種現在已經長得這麼大了。我們為了表示感謝日本人的心意，正打算要規劃一塊專門種植日本樹木的區域，也算是謝謝日本的企業雇用了我們許多的煤礦失業者。」理察德邊指著山櫻和楢樹說。

「對了佑介，你不上學沒關係嗎？」

「佑介為了照顧我，這次特別向學校請了假。」摩根先生代佑介回答。

「那正好。星期一在這個公園內有開特別的課程，鎮上會來三十個小朋友參加喔。你要不要也一起來？」

佑介很想拒絕，可以的話他想一個人、或是和摩根先生兩個人一起過來就好了。但是在佑介開口之前，他父親已經代他回答了。「那就拜託你了，這真是個好提案。」

「這是跟同年紀的小朋友們接觸的好機會喔。」摩根先生也附和道。「也可以多練習英文呢。」

星期一，公園裡聚集了三十名十二歲左右的少年少女。照顧這群小朋友的是名為潔妮絲的年輕女性公園管理員。

「大家早安。今天跟大家介紹一位從日本來的朋友，佑介。」

潔妮絲以正確漂亮的發音介紹了佑介的名字，接著在筆記本上大大地寫下「YUSUKE」這個拼音給大家看。

站在一大群小朋友面前，佑介真覺得難為情到想要快點逃走。

「佑介這次是為了來見他在塔爾博特港的電子機械工廠工作的父親，還有了解威爾斯及這個國家的人，特地遠從日本來到這裡的，所以大家要好好跟他相處喔，好嗎？」

幾個女孩子發出咯咯的笑聲。

「佑介，你可以告訴我們你住在日本的哪裡嗎？」

佑介羞赧地滿臉通紅，拚命地用英文回答「我住在長野」。

「那裡曾經舉辦過冬季奧運。」其中一個少年說到。

「沒錯。」潔妮絲說。「你們還想多了解日本的事情的話，等下課後再去問佑介，大家知道了嗎？」

特別的課程開始了。今天的老師是潔妮絲，學校的老師則充當助手。

第一堂課是算術。大家一起進入了森林中。潔妮絲發給每個人一條上面標記著十個黑色記號、間隔一樣的繩索。

「英語圈的國家在測量長度的時候，大部份都使用英吋、英呎、英碼等單位。一英吋大概是大姆指從頭到第一個關節的長度；一英呎約成年男性腳的大小，大致上是十二英吋。」

潔妮絲接著做出一個拉弓的動作。

「而英碼呢，則是大弓的箭的長度。像這樣拉開弓，我的手到鼻頭前的距離就大概是一英碼。也有人說一英碼跟男性步伐的間距差不多。但是每個人的大姆指或手長、腳長都不一樣，所以必須要訂立一個公定的單位，像十二英吋等於一英呎，三英呎等於一英碼。不過現在幾乎世界上所有的國家都使用『公制單位』。」

潔妮絲拿出一條繩子，拉出一個黑色記號與記號間的距離給大家看。

「這就是一公尺。把一公尺分成一百等份的話，就是一百公分；分成一千等份的話，就是一千公釐。公制是由十、一百、一千這樣的『十進位法』所制定的。」

潔妮絲再把繩索垂一公尺到地面上，將剩餘的繩索拉直與地面平行。

「來，你們仔細看看，一條繩索中的一公尺往下垂，剩下的部份拉直的話，兩個部份之間形成的夾角就是『直角』。有沒有人知道直角是幾度呢？」

小朋友們一齊舉高了手，其中好幾個人爭先叫道：「九十度！」

潔妮絲叫一個男孩子過去，拜託他拿著繩索。然後她提著較長的一端，在下一個記號再度將繩索垂下，垂下的部份的下一個記號再折成一個直角，連接到繩索的開頭。

「你們看，現在有四個直角了。這個圖形叫什麼呢？」

「正方形！」小朋友們喊道。

接下來換學校的導師抱著一卷紅色的膠帶和一大捆木棒過來。潔妮絲則拿出十個透明的、上面做了公分及角度記號的塑膠大三角板。

「那麼大家現在三個人分一組。我會分給每組一條上面每隔一公尺就做一個記號的繩索，然後每組再各拿四根木棒、四片紅膠帶和一個三角板。我要請大家用繩子做一個邊長十公尺的正方形。做法是每量好十公尺就把木棒釘在地上，然後繞著木棒做一個直角，再量十公尺後釘一個木條，依此類推。這樣一來就可以得到一百平方公尺的面積了。很簡單吧？」

小朋友們像是有所抱怨似地發出「ㄟ」的聲音，不過還是心不甘情不願的分好了組。大家從老師手中接過各個道具後，潔妮絲大聲喊道：「還有一件事忘了說，我希望每個一百平方公尺的正方形可以全部連接起來。當然要訣是要把繩子拉直、角度也必須測量正確，不過大家做得好的話，應該會多出幾根木棒。」

接著，潔妮絲請學校的老師幫忙，示範要如何成功地拉出直線給大家看。只要把三根木棒排在地上當做三角板的話，要拉出直線就很簡單。

「那麼，開始！限定時間是二十分鐘。所以做一個正方形的邊大概花五分鐘。但是如果跟隔壁的組一起合作的話，花十五分鐘就可以完成了。大家好好想該怎麼做。」

臨時參加的佑介和潔妮絲及學校的老師一組，開始測量一百平方公尺的區塊。潔妮絲又叫兩旁的小組跟她們共用一個邊。

開始動作後，小朋友們又是笑又是鬧，鬧了一會兒，不過沒多久他們馬上抓到了訣竅，這片森林一下子就由一百平方公尺所分割。

潔妮絲吹起哨子把小朋友們聚集起來。

「來，大家看，這裡一共完成了十一個一百平方公尺的區塊。其中有些區塊稍微歪掉了，不過反正今天並不是實際在買賣這塊土地，我們就不計較這麼多吧。總之，假設大家都正確地測量出一百平方公尺的區塊的話，那現在這裡的面積一共是多少平方公尺呢？大家可以拿筆記本起來計算看看。」

不一會兒馬上就有一個女孩子舉起手來。潔妮絲看到了點頭示意。

「一共是一千一百平方公尺。」

「正確答案。那麼接下來請大家算算看一個區塊裡有幾棵樹。來，開始。」

回到各自的區塊的小朋友們，接連著提出疑問道：究竟怎樣算是樹木呢？

「稱為樹的大概有多高啊？」

「Tree（樹）和bush（矮樹）及sapling（幼樹）有什麼不一樣？」小朋友們提

出了諸如此類的疑問。

過了一會兒潔妮絲再度把小朋友們聚集起來，帶著大家依順序繞各個區塊，並教大家各種樹木的名稱。

「這個是唐松。由於它長得直挺又生長得快，所以特地從海外運過來。在威爾斯，以前這種樹木主要用來當支撐坑道的柱子。這邊的樹叫做樺木。這裡還有橡樹的幼木喔。以前英國的船都是用這種橡樹建造的呢。橡樹也是傢俱材料中最高級的木材呢。」

之後，潔妮絲又再叫小朋友們依樹木的類別重新計算區塊裡的樹，然後一個接一個地介紹各種樹木的特徵、如何為人所利用，及樹木的歷史等等。

課程最後，潔妮絲叫大家計算一百平方公尺的區塊中，各種樹木所占的比例，再計算全體的平均。

經由這樣的方式，佑介覺得即使是麻煩的計算，實際地用真正的地面和樹木的話，自然也就理解了「面積」的概念。

在上課中，老師不斷用英文問佑介問題。每看到不同的樹木，老師也會跑來問那個樹的日語怎麼說。佑介心想，好在他隨身帶著平時英文課使用的筆記本，因為裡面寫了許多摩根先生教他的、各種樹木的英日文名稱。

快近中午時，小朋友們逐漸開始理解「面積」的概念，潔妮絲便帶領著大家沿著登山步道往下走到古橋的地方。

那裡視野寬闊，也可以看到剛才大家測量土地的地方。潔妮絲說明了「公頃」這個單位後，指著四周的山坡跟山谷，開始問小朋友們問題：那頭的冷杉林看起來大約幾公頃呢？大家猜猜看。對面的唐松林又是幾公頃呢等等問題。

潔妮絲的下一個問題是要大家計算，樹齡六十歲的唐松林一公頃有多少價值。現在要計算從那裡砍伐的木材，以市場交易價來算可以賣多少錢。

她手上拿著樹齡六十歲的唐松切下來的木頭，讓大家看樹的年輪，並且告訴大家，光是剝去樹皮的唐松原木就可以直接當木材。

小朋友們對從日本來的佑介相當感興趣，一下子就將他團團圍住。其中有三個小孩的父親剛好在佑介父親的工廠工作。

「在長野，開車的話很快就可以到滑雪場，要滑雪很方便。」

佑介說完，大家立刻露出很羨慕的表情。而且有很多小孩都是「神奇寶貝」等日本動畫迷。

下午大家都走下去到小山谷。小河的兩邊鋪設著步道，小朋友們被分成兩人一組，每人都分配到一雙雨鞋。佑介剛好與一名印度裔的少年一組，兩人是「第六小隊」。

「我叫保羅。」少年說完，微笑著露出潔白的牙齒。

很快地大家又被分配到跟剛才一樣做著記號的繩索，以及上面刻著公分記號的木棒。潔妮絲這回出的習題，是要大家進到小河中測量河寬及河深。佑介負責把保羅測量到的數字記錄在筆記本中。

就在大家一邊玩潑水、一邊測量小河時，潔妮絲也在一旁教大家許多事情。像關於螻蛄和蜻蜓幼蟲，或是小河的水溫有幾度，水溫不超過幾度鱒魚及鮭魚等才有辦法生存。大家還互相討論，在防止水污染這方面自己能夠貢獻什麼，他們也學到，要維護清潔美麗的河川，森林扮演了多麼重要的角色。

就這樣佑介學到很多新知識和記了許多新單字，不過這天的課程到最後都以算術為中心。

就在一天快結束時，佑介已經交到好幾個志氣相投的朋友。這是他第一次覺得上課是這麼地快樂。

22 龍岩與讚美歌

早上佑介起床下樓時，看到摩根先生正在把三明治和檸檬水裝進舊背包中。餐桌上已經備好了兩人份的柳橙汁和培根蛋。

「早安佑介，今天心情如何？」

「我很好，謝謝。」

「早餐一定要吃飽喔，因為今天我們要出門探險呢。」

一輛大型的黑色計程車停在家門前。司機用威爾斯語和摩根先生打了個招呼，他雖然沒跟佑介說一句話，但看得出來是一個開朗的人。

車子往隔壁村落的一座略高的山前進。進入山路後，車子通過儲水池一直往上開。山路越來越窄，終於開到窄到只容一個人通過的地方時，車子停下來放摩根先生和佑介下車。

「那兩點半我們在『公羊頭』見。」司機爽朗地揮揮手，又沿著來時的道路折回去了。

「『公羊頭』是一家小雖小但氣氛很不錯的酒吧，從這邊走下去的話大概一個小時可以到。來，我們走吧！」

摩根先生很有精神地邁開步伐。不知道為什麼他的背包上綁著很大的厚紙板。

「要到山頂還遠的哩，加油！」摩根先生大聲喊道。

二十分鐘後，兩人爬上了山頂。從山頂上可以看到好幾個大岩石沿著長長的山脊突出，正好形成障壁擋風。陡峭的斜坡上長滿了富有光澤的小草，在陽光下閃閃發亮。山腳的草地上，野生的兔子們正悠閒地啃食著。

青青綠草叢中，處處點綴著黃色的金鳳花。天空中雲雀飛舞，在那底下摩根先生和佑介肩並肩地站著。從山頂一眼望去，可以看到往山谷延伸的尼斯城鎮，甚至可以看到遠方的海洋閃耀著光輝。

「這裡是我小時候常來的地方。」摩根先生把兩手大大地攤開。「登上這座山，我就覺得自己好像成為世界的王者一樣喔。來，佑介，跟我過來，我來跟你介紹我的龍。」

摩根先生把行囊放在岩石的暗處，沿著山脊走向一顆突出到幾乎覆蓋整個斜面的大岩石。

「你看，那個是龍的頭喔。牠應該從遠古開始就有自己的名字，但牠一直都不

肯告訴我，所以我就一直稱呼牠叫『sir dragon』（龍大爺）。」

從橫向看，這顆岩石的形狀幾乎就像龍的頭。比四周顏色要來得淡的凹處是龍的眼睛，地層的紋路是龍嘴巴，留在岩石上的舊刮痕則是牠的兩個耳朵。

「你好，龍大人。是我，約翰·摩根啊，好久不見了。我帶了從日本來的朋友來看你，他叫佑介喔。」摩根先生輕輕地推了佑介一下，故意將悄悄話講得很大聲。

「你不好好跟龍大人打招呼的話，牠一不高興可是很可怕的呢！」

「呃，我可以說日文嗎？」

「當然可以。龍可是精通人類所有的語言呢。」

摩根先生把佑介推到那顆岩石前面。

「早安。龍大人，您好嗎？」

佑介說完接著轉向摩根先生，小小聲問道：「為什麼你知道那條龍不是公主是國王呢？」

「因為如果是公主的話，男孩子早就被吃掉了，這個道理大家都知道。」

摩根先生這回也故意提高音量講悄悄話。

「可是牠都不回答我。」

「那是因為牠怕一開口，噴出來的火燄會把你燒成黑炭。快，跟牠說請多多指教。」

「龍大人，很高興能夠見到您。」

佑介朝龍岩畢恭畢敬地鞠了一個躬。

「很好，那你現在坐上去看看。」

摩根先生說完，繞到龍岩的內側爬上去，兩腿盤坐在岩石邊緣的地方。佑介也爬上了岩石坐在摩根先生身旁。從龍岩望出去的景緻，實在是不可思議地壯觀，彷彿是一個傳奇冒險的世界！從這裡可以看到遙遠下方的高速公路上奔馳的車子，小小的，像蟲一樣。在彎彎曲曲的山路上行進的列車，看起來就像在地面上快速爬行的蛇。

「如果要跟老天爺許願的話，我希望龍大人現在就飛到天空，把我們帶到任何喜歡的地方。」摩根先生說。「最重要的只有一件事，就是相信。」

佑介抬頭望向天空，遙遠的天際白雲緩緩地流動。那是夏天的午後常見、層層往上疊的積雲。他把背向後彎再看流動的雲，覺得彷彿不是雲動是自己在動一樣。

「把眼睛閉上，從一百數到零，一邊想像自己想去的地方和想見的人。來，試試看。」

陽光灑落在臉上，臉頰和眼皮感到很溫暖，耳朵也可以聽到雲雀的歌聲。佑介感受到微風輕輕吹過臉頰及髮梢，一邊數著數字。「九十九…九十八…九十七…」

佑介不由得覺得想哭。他的眼簾下浮起母親搭著吉普還是什麼車，奔走在滿是塵埃的道路上的身影。接著他又看到去年的聖誕節，在摩根先生家邂逅的衣索匹亞美少女伊娃的臉龐。伊娃正坐在東京某個公園內的板凳上看書。她抬起頭來，展露甜美的微笑。

那個瞬間，佑介突然張開了眼。他為了這種前所未有的不可思議的心情而感到胸口一熱。

「你看到誰了，對吧？」摩根先生笑了出來。「我也是一樣，我見到了在舊別墅裡的父母親。我小時候常來這裡。入海軍以後，每回從海上回來，我也一定來這裡，為了參加奧運在出發前往日本之前也來一趟。龍大人每次都讓我坐在牠身上。不過龍岩的事要當做我們兩人之間的祕密喔，可以嗎？因為其他人可能無法理解。而且如果那樣的人來到這裡對龍大人擺出什麼失禮的態度，不知道會發生什麼可怕的事。」

摩根先生立起小指頭，表情認真地說道：「勾勾手。」這是約定。佑介和摩根先生勾了手指。

從龍岩的頭部往下看，可以看到遠方廣大的山毛櫸樹林及古塔，山坡上處處可見粉刷著水灰泥的石造房屋。佑介覺得自己可以想像到少年時期的摩根先生是怎樣快樂地穿梭其中。

龍岩上併坐著大的背脊及小的背脊。摩根先生和佑介度過了專屬於兩人的寧靜時光。他們享受腳底下一片壯麗的景緻，還有不斷延伸的想像世界。

終於，摩根先生把覆蓋在背包上的厚紙板解下來鋪在地上。

「來，讓我告訴你為什麼要帶厚紙板來。」

摩根先生一邊說，一邊把一片厚紙板拿到長滿青草的斜坡上。然後他坐到厚紙板上，抓住厚紙板前端的邊緣，把腳往地上一蹬。

厚紙板很有衝勁地沿著斜坡滑出，載著摩根先生在草地上蹦蹦跳跳地往下滑去。一口氣加速前進的厚紙板，最後終於滑到山腳的牧草地而自然地停下來了。佑介看到這個情景忍不住笑得東倒西歪，因為摩根先生任他亂糟糟的長鬍鬚隨風飄揚，把他長長的腿伸得筆直，一邊發出怪聲一邊滑下山丘。

摩根先生站了起來把厚紙板拿在手上。

「佑介，快過來！換你了！」

佑介拿來另一片厚紙板，馬上接著滑下去。坐在迎風前進的厚紙板上，感覺臀部在草地上彈跳著。佑介使出吃奶的力氣緊緊抓住厚紙板，等到達山腳時他已經完全上氣不接下氣了，然而他還是笑到停不下來。佑介滑過幾次雪，但是坐在厚紙板

上滑草還是生平第一次。

佑介拾起厚紙板，又再度爬上斜坡。上面摩根先生早就笑咪咪地等在那裡了。

「這次我們來比賽，要去囉！」

兩人一齊滑了出去。剛開始是摩根先生領先，但在經過兔子堆的小土墩時，高度將厚紙板彈到砂地裡，連人整個翻倒。一旁的佑介則以很快的速度往下衝。他還沒抓住控制厚紙板的訣竅，沒辦法讓厚紙板停下來，不得已滑到山腳下的佑介急忙站起來爬上山坡。等他回到事發現場時，摩根先生已經爬了起來，把沾到他頭髮及鬍子上的沙子拍下來。摩根先生看起來似乎因為笑得太厲害，止不住腹部的起伏震動。

佑介丟掉手中的厚紙板，趕緊跑到摩根先生身旁。他看起來又像是在笑又像是在哭。

「你沒事吧？」

「嗯，不用擔心。但這次實在是太失敗了。這個比賽你贏了。扶我起來。」

佑介伸出手把摩根先生拉起來，看到他褲子臀部的地方沾滿了紅褐色的土。

「哈哈，好好笑！」佑介笑個不停。

接下來兩人繼續比賽，直到腳痛為止。後來手拿著厚紙板爬坡的摩根先生看看手錶說道：「哎呀，糟糕了，我們得趕時間了。」

佑介他們急忙把行李整理好，順著連接山谷的道路往下走。

結果兩人比和司機約定的時間早十分鐘到酒吧。搭計程車回別墅的路上，摩根先生拜託司機繞路去教堂。

那是一間雖然小但感覺得到歷史相當悠久的教堂。但是大門上了鎖，看起來幾乎沒有人在出入。摩根先生很失望地搖搖頭。雖然他不是虔誠的基督教徒，但他從小就被教育教堂是「神的家」，不管是白天還是晚上，都要敞開大門讓大家可以隨時拜訪。

「我就是在這裡接受洗禮的。我的父母、我的祖父母，都是在這間小教堂舉行結婚典禮的。」

摩根先生還記得他雙親長眠的墳墓。走往墓地的石階還是跟以前一樣，然而來到墓地時，摩根先生受到更大的打擊。因為那裡雜草叢生，一個墓碑也看不到。摩根先生想辦法要尋找他雙親的墓地，但無論他怎麼撥開草叢，就是有野草阻擋在他的前方。

這是佑介第一次看到摩根先生掉眼淚。摩根先生看起來很生氣的把眼淚擦掉，又默不作聲地走回計程車的地方。

開往別墅的回程上摩根先生毫無精神。他整個人無精打采地癱靠著椅座，到達別墅之前沒有開口說一句話。

那天晚上摩根先生也是一吃完晚飯就立刻回自己房間裡去了。

「摩根老師看起來很疲倦哪。」父親說。「今天一整天你們是怎麼過的？」

佑介跟父親說了白天的種種，包括小教堂的事、墓地的事，還有叢生的雜草。

接下來幾天後，佑介的父親對摩根先生說：「這星期六我和佑介有事要出門。」佑介在一旁聽了覺得很不可思議，詢問父親究竟是要去哪裡。

「嗯，我們要和工廠的人會合。」父親不多解釋一句話就帶過。

星期六的早上一大早，佑介就跟父親一起出門。然而車子不是開往工廠而是上次的那間小教堂。

教堂前已經有好幾個穿著工作服的男人，手裡拿著鐮刀和短柄小斧頭等在那裡了。佑介的父親也拿出兩支之前修剪樹籬所使用的長鐮刀來，把其中一支連軍用手套一起交給佑介。

「我已經打電話跟這個教區的牧師說過了，大家一起來除墓地四周的野草，所有的人都是從工廠來幫忙的義工呢。」

大家把蕁麻拔起、割除蔓延叢生的野草後，堆放到教堂的後院。他們預定最後再把聚集起來的雜草燒掉。

近中午前，摩根家的墓地四周已經清除得非常乾淨。墓碑也重現以往的樣子。佑介和他父親一起注視著刻劃在墓碑上的一個家族的歷史。根據上面的記錄，摩根家的人竟然從十七世紀初就埋葬在這裡了。

「明天我們帶摩根老師來吧。我們就跟老師說要帶他去兜風，再把他帶到這個教堂來。然後我們也一起參加老師父母親的追悼儀式。」

佑介抬頭看父親的臉，他心想，他的父親果然了不起啊。佑介的心中頓時充滿對父親的尊敬及引以為傲的心情。

到了星期天，佑介他們父子邀摩根先生外出，藉口說工廠的人今天要一起吃午餐希望他一起來，不過他們又附加了一句：「在吃飯前要給你看一樣東西。」

他們催促摩根先生往連接墓地的小路前進，展現在他面前的，是蕁麻鏟除後、令人懷念的墓碑。摩根先生非常驚訝地秉住呼吸。佑介和他的父親悄悄地離開現場。摩根先生在雙親的墓前垂下頭來，默默地禱告。當摩根先生用一條印著紅色水珠模樣的大手帕擦著眼淚，一邊回頭望向佑介他們時，他因為太過感動而一時說不出話來。

「謝謝，謝謝。」最後摩根先生才勉強擠出道謝的話。

教堂中傳來風琴演奏的讚美歌。

「摩根老師，請到裡面。」佑介的父親說道。「這是您雙親的追悼儀式，也是紀念老師回到威爾斯。」

小教堂內擠滿了人，一半以上是父親工廠的員工。摩根先生也和大家一同大聲地唱著讚美歌。儀式結束後，牧師向在場的人一一打招呼，還誠摯地跟摩根先生握手。

「歡迎回來威爾斯，摩根先生。」

牧師說完，轉頭向跟在後面的佑介及他的父親微笑。「我想我可以理解為什麼你選擇日本當第二個故鄉，你真的是交到很棒的朋友呢。」

對佑介來說，再沒有比現在更令他感到驕傲的時刻。

當然，這天的聚會並沒有這樣就結束。幫忙除草的義工全員一起到酒吧，不論威爾斯人還是日本人大家一起吃中飯，接著大家還一起齊聲歌唱。

歌唱之國威爾斯的人們唱出美麗的和聲，其中也有不能在教堂裡唱的曲子。這是佑介第一次看到摩根先生這麼幸福的表情。

「你離開威爾斯不寂寞嗎？」佑介提起勇氣問道。

摩根先生微笑著回答道：「寂寞啊。但是回到日本的話，我又會快樂起來的。」

23 工程現場的靜坐

佑介在自己的房間裡面向書桌坐著。這個又大又舊的書桌是以前父親使用過的東西。佑介隨手翻了翻桌上一本厚重的英文字典。

佑介拿字典查 memorable 這個單字。衣索匹亞少女伊娃寄給他的信中，大約有二十個他不知道的單字，而 memorable 就是其中一個。

伊娃的信寫著以下的內容：

「在長野度過的時光，是我們在日本最美好的回憶。」

佑介覺得胸口一熱。他取出和信一同寄來的一張照片。相片裡是穿著衣索匹亞傳統民族服裝「珊瑪」（shamma）的伊娃。那是一件純白的洋裝，裙擺的部份有著華麗的刺繡。佑介一直凝視著伊娃美麗的臉龐及閃閃發亮的微笑。

伊娃既然說長野是她在日本最懷念的地方，那是不是代表她常常會想起我呢？伊娃是不是也寫信給政男了？一想到這裡，胸口突然痛了起來。這就是吃醋嗎？不會吧……。

這時傳來奶奶的聲音：「佑介，吃晚飯了！」

晚餐時就爺爺、奶奶和佑介三人，電視上正好開始播報新聞。伊拉克戰爭明明已經結束了，美軍卻不肯撤兵，現在仍舊有許多人在打仗、失去寶貴的性命。看到攝影機照到受傷的小孩子們，佑介不由得停住碗筷。爺爺奶奶互看了一眼後，爺爺便默默地把電視關掉，接著放下吃到一半的碗筷，輕輕地搖一搖佑介的肩膀。

「不要擔心，你媽一定沒事的。」

佑介搖搖頭說他不要緊。但是就在他想笑給爺爺奶奶看時，突然感到胸口一陣刺痛。伊拉克戰爭剛開始時，母親為了工作而停留在巴格達，因為記者們住宿的旅館遭到戰車炮火的攻擊，母親受到輕傷，曾一度回倫敦避難。但是之前母親連絡的時候說自己人在約旦，打算要再回到伊拉克。

從此佑介不再看母親報導的新聞。因為他根本就不想去想到母親人在那麼危險的地方、在那個充滿恐怖及仇恨的地方。雖說他很以勇敢且專注於工作的母親為榮，但是那個工作卻不知道何時會被捲進恐怖份子的炸彈攻擊、或是火災及槍戰。佑介現在睡前都會祈禱「希望母親能平安無事地回來！」

佑介每個星期都和在威爾斯工作的父親通電話，不過僅有一次他忍不住跟父親哭訴說：「我希望媽媽待在安全的國家。」

「爸爸的心情也是跟你一樣。但是再怎麼說，這都是你媽自己做的選擇。你媽相信要讓戰爭結束，唯一的方法就是透過新聞讓全世界的人知道真相。她說她是為了和平、為了戰爭中受傷的孩子及被戰爭奪去家人的人而工作。」

「那她自己的家人就沒關係嗎！」

佑介忍不住頂了一句。父親沈默了一會兒，最後說道：「佑介，你要不要來威爾斯和爸爸一起生活？你可以在這裡的學校上學啊。」

其實佑介自從和摩根先生一起回到日本後，也一直在考慮相同的問題。

「來，多吃一點。」爺爺說。這時，電話響起。

接起電話的爺爺，放低音量講了一陣後，再回到桌子時，很生氣地碎碎念。

「是摩根老師出事了，他好像又引起了什麼騷動。那個大笨蛋，什麼事他都愛插手管。我要去跟他談談，佑介你也一起來。」

佑介他們前往摩根先生家。但是爺爺不像平常一樣從私人道路進去，而是到了山腳就把車子停下來。那裡停了一輛警車，還圍著一大批旁觀的群眾，其中政男的父親和爺爺也在場。

「可不可以請你說服摩根老師呢？」政男的父親說道。

「那個頑固的老頭會聽人勸嗎。」

佑介他們急忙趕到現場。一條很久以前就有的山路最近開始了鋪設道路的工程，樹木一棵接一棵被砍倒，推土機也開了進來。

在大型土木工程機械前，摩根先生交叉著手臂坐在地上。兩名警員正在說服他，他們後面則有一群戴著頭盔的工作人員在大聲喧嘩。

「他一整天都這樣坐在那裡，沒人勸得動他。」政男的父親說。

佑介和爺爺蹲在摩根先生面前，他終於抬起頭來。

「在那些傢伙答應不再動工之前，我絕對不離開這裡。這種工程嚴重破壞大自然，根本就是犯罪。我用日文跟那些笨蛋說明好幾百遍了，他們就是不懂。佑介，你來幫我『口譯』，你比那群傢伙聰明多了。」

雖然天色已晚，但佑介留意到周圍的景色變得跟以前不一樣。原本生長在小河沿岸的樹木一棵也不見。為了讓小河拓寬取直，河床的岩石被挖走，土壤也被淘空。

「那些人打算在這裡做什麼？」

面對佑介的詢問，摩根先生用英文回答道：「那些傢伙想要把這條小河殺死，換成那個用水泥做的醜陋水路。池塘裡住著許多各式各樣的水生昆蟲，而且那些傢伙用土木機械搗得亂七八糟的地方，原本也長著野生的山葵。」

佑介把摩根先生說的話翻成日文，接著他又問政男的父親與這個工程無關，但也是建築技術人員。

「為什麼要做這個工程呢？這條小河從來沒有氾濫過啊。」

「沒辦法，這是公共事業，做工程的預算也下來了。」

「浪費國民的稅金破壞自然的行為根本就是犯罪。真是一群愚蠢的傢伙。」

摩根先生這麼一說，惹得後面那群工作人員更加生氣，警察趕緊將他們擋下來。

佑介突然想起他在威爾斯見到的景觀。和這裡同樣是陡坡的山腳下有小河流過，但防砂工程卻完全不一樣。在威爾斯並不是將小河改成筆直的水泥水路，而是利用自然的岩石和池塘調節水流，而且還是幾百年前就想到的方法。

「摩根先生說的對，這種方式根本就是錯的。為什麼大人們都不去考慮蜻蜓、螢火蟲等其他生物的生態呢？為什麼輕易地就把樹木砍掉呢？」

「不把樹砍掉土木工程機械進不來啊。」一個作業人員說道。

「這是正正當當的公共事業喲！像摩根這種老外沒有出場的份。」

「摩根先生是日本人耶，他也跟大家一樣繳稅金。」佑介反駁道。

「摩根先生家就在小河旁邊，從叔叔你們出生那時開始就一直住在這裡的。」

「閉嘴，一個小鬼頭還這麼囂張！」

一個還沒上國中的少年講大道理，激怒了這群大人。唯一平心靜氣的就只有摩根先生。

「他比你們了不起多了。」

這時，佑介的爺爺高高地舉起雙手來喊道：「大家平靜下來！我們冷靜地來談談。我知道你們必須要完成工作，不過反正天色也已經晚了，今天就到此為止吧。摩根先生，雖然你有抗議的權利，但今天你可不可以先回家，明天早上再找縣政府人員談吧。」

摩根先生噘著嘴，緊閉著眼睛。爺爺走到他身邊蹲下來說道：「拜託你，現在就看在我的面子上。這樣下去的話，警察一定會強行把你拉走，你不想跟警察吵架吧。起來吧，你想說的也已經說了，應該也夠了吧。」

佑介也把臉湊近摩根先生用英文說：「摩根先生，我們回去喝好喝的紅茶吧。我們一起…呃…計劃…呃…」

這時，佑介想到了他想講的單字，「戰略」。

摩根先生聽了這句話終於睜開了眼，露出少年般的笑容。

「戰略嗎。原來如此。你說的沒錯，我們需要一個作戰計劃，還有威士忌。」

佑介他們將摩根先生扶起。他因為持續坐了好幾個小時，雙腳完全麻痺了。摩根先生靠著佑介的攙扶，慢慢地沿著山路走下去。

摩根先生整個人看起來非常疲倦，等他終於到家的時候身體還微微地顫抖著。佑介馬上燒熱開水幫他泡一杯濃濃的熱紅茶。大家扶摩根先生坐到扶手椅上，向他說教道：「一個老人家還在地上坐那麼多小時，實在是太亂來了。」

「你已經是超過八十歲的老爺爺了耶，應該要更保重身體才對！」

此時佑介的導師門田老師也來摩根先生家探視。他問道：「摩根老師不要緊吧？」

「摩根老師又跟人家吵架了。因為建商把樹木砍掉、要在山的另一頭做防砂工程。」政男的父親說明道。

「他們又打算做那個愚蠢的U字型溝渠了，還有水泥的溜滑梯。那裡可是螢火蟲的家耶。」摩根先生說。

「嗯，我已經聽說了。聽說明天長野市政府會派人來的樣子。」

門田老師轉向佑介說道：「明天不可以翹課喔。剩下的事情就交給老師的朋友處理，大家都是支持摩根老師的。」

「在我去威爾斯之前，還不是很了解摩根先生的想法。但是這趟去我才知道，在威爾斯真的是實踐了不破壞河川、而且利用自然的工程。」

「雖然現在已經中止了建設水壩的大型計劃，但是一說到攔砂壩工程或是水泥鋪蓋的水路建設，就真的數也數不完。但這也不是縣長一個人就有辦法解決的現狀，因為到處都在做工程。」門田老師點頭表示同意。

「這地方的人也不是都把建商視為仇人，只是如果要做工程的話，大家希望可以做更有意義的工程。像那樣把河川用水泥固定，不只會奪走對小小生物和鳥兒來說重要的家，甚至會奪走牠們的生命。未來的幾年後也是。然而日本從北海道到沖繩，仍舊不停地在破壞自然。我很慶幸這回承包工程的不是杉田先生的公司。」

政男的爺爺哼了一聲。「工程的事是我們自己拒絕的，反正我早就料到摩根老爺又會引發騷動。我事先也跟那群人說了，不過他們也必須要養家餬口，最近光是要得到一個工作就很困難了。」

政男的父親聳了聳肩。正因為他擔任一家小建設公司的老闆，比誰都知道要標到一個工程的辛勞。

「我和那間公司的老闆認識，他是個講理的人，他也知道如果做那個工程的話會導致螢火蟲滅亡，因為他也跟我一樣都是鄉下長大的。但是聽說他沒辦法拒絕。市公所的人交給他一張設計圖，叫他馬上開工。他也建議說是不是可以採用幾年前試過的、自然工法的工程，但是市公所的人嫌那樣的做法太花錢。」

大人們一手拿著紅茶，為了這個問題展開激烈的舌戰。

隔天佑介上課的時候一點也沒辦法專心，他心裡一直惦記著早上大家在工程現場談判的事不知道結果如何。而且等他一回神，又發現自己剛才一直想著伊娃的信。伊娃信裡說，她也要進入英國的住宿學校就讀。

放學以後，佑介和政男一起到劍道場。佑介回日本以後開始練劍道。這天佑介比平常都要來得認真練習，他的投入程度甚至被老師誇獎。回家的路上，政男問他：「今天晚上你實在很有魄力耶。還在生昨晚那件事的氣嗎？還是說你在為伊娃寫信給我的事吃醋？」

「怎麼可能！我只是在擔心我媽而已，她人還在伊拉克。」

「哦，是嗎，那還真危險。她什麼時候會回日本？」

「她上次從伊拉克脫逃後，暫時在瑞士的日內瓦繼續工作，她要回日本不知道是多久以後的事了。」

「你爸呢，還在英國嗎？」

「是威爾斯。」

「你其實也想去英國生活吧？英國那邊有伊娃在，你也想去那邊的學校對吧？」

「別胡說！」佑介用膝蓋頂了政男一下。

「嘿嘿，你在害羞喔！」

佑介回到家時，爺爺滿面笑容的迎接他。

「剛才電視裡有播報那個工程的新聞喔，縣長發表了暫時停止工程的消息呢，說是要慢慢花時間跟大家好好地溝通。」

「萬歲！」佑介大叫道。這全多虧摩根先生的努力堅持。摩根先生總是說，如果是為正義而戰，就該勇往直前，不要在乎勝負。佑介心想，這次會是誰贏呢？摩根先生和螢火蟲會贏嗎？佑介已經下了決定，等明天早上，他要打電話給摩根先生說出他的決定。

24 再見，摩根老師

退潮後，佑介和母親一起下到海岸邊，去撿拾紫菜與海萵苣。現在他們兩人的桶子內正好裝著半滿的看起來很好吃的海草。紫菜這裡的朋友也會樂意接受，因為紫菜與麥片還有培根、鳥蛤一起下去燉煮，是威爾斯的傳統早餐。然而一換成海萵苣，就沒有人願意光顧。當然不只有佑介家吃海萵苣，威爾斯其他家庭的晚餐中也有使用海萵苣的海草沙拉。兩人發現退潮後的水窪中，不只有海草，還有很多螃蟹和小小隻的魚。那種魚叫做布列寧，就棲息在岩岸的海岸，佑介他們一靠近，螃蟹馬上急急忙忙地逃到海裡。

「佑介，你想不想在這裡多待一陣子？你爸好像很喜歡在這裡的生活。」

佑介一邊將貼在岩石上的紫菜撥開一面回答道：「我也想再多待，但是我已經答應爺爺奶奶和摩根先生要回去的。而且媽妳自己不是下禮拜就一定得回倫敦嗎？爸也只顧著加班。」

「是嗎……那也沒辦法。」母親說完，歎了一口氣。

佑介兩人摘了很多紫菜把桶子裝滿後便起身回家。

他們現在租借的地方是一間很大的石造農舍。房子雖舊，但從那裡俯瞰海洋真的是絕景，而且房子後面也有一個寬闊的庭院。佑介的父親拜託附近的人幫忙在後院整理出了一塊農地，在上面種馬鈴薯、空心菜、青蔥、番茄、茄子、日本的白蘿蔔等各式各樣的蔬菜。

到家後，母親馬上到廚房清洗附著在海藻上的沙子及小貝殼。由於這個房子原本是農舍，所以有兩個廚房。一個是專門用來清洗附著在蔬菜上污泥、和屠宰動物用的清洗場；另一個是煮飯用的普通廚房。現在是七月正熱，所以古色古香的暖爐裡沒有放柴薪，不過暖爐旁還附著一個烤箱。廚房裡還放著一個很大的橡木圓桌。每樣傢俱都是原本這個家裡的東西。

佑介走到廚房，開始整理他散在桌上的筆記本及信紙。他寫給摩根先生的信正寫到一半。自從他決定和父親一起生活、上威爾斯的學校後，與摩根先生至少每個月一次書信往返。

來到威爾斯轉眼也過了好幾年的時光，佑介現在正好二十歲，英國劍橋大學

二年級，專攻生物學。和摩根先生一起造訪威爾斯當時的佑介，回日本後煩惱了很久。父親好幾次遊說佑介：「一起在威爾斯生活吧。」但佑介一直沒辦法馬上下定決心，因為日本有爺爺奶奶在，還有很多的好朋友，而且他更不想離開比任何人都願意傾聽他心事的摩根先生。不過佑介認真考慮自己的將來，最後還是決定踏上留學之路。

佑介的父親愛上在威爾斯的生活，日本的公司一要把他調回東京總公司，他就辭去工作，在威爾斯自行獨立創設一家小小的電氣工學公司。新的工作相當順利，甚至到現在還與歐盟的企業頻繁交易往來。

而母親這邊，那之後兩年的時間都繼續做關於伊拉克戰爭及中東的採訪報導，後來轉往倫敦工作。她身為記者的勇敢且公正的態度受到很高的評價，因而獲得知名通訊社的延攬。

在威爾斯的佑介，住進私立高中的宿舍，週末回家與父母親一起過。雖然剛開始念書很辛苦，不過他非常用功。第一年光是要跟上進度就費了很大的心力，但從第二年開始他就一直是班上的第一名。他不只已經把英文學好，現在的程度甚至還開始學威爾斯語呢。

佑介總是隨身帶著摩根先生的相片。那是一張在森林中，一個瘦骨嶙峋的老人站在大型工程機械旁、揮著拐杖的照片。

「好像電影《英雄本色》裡的勇士一樣。」佑介在信裡下了這句評語。即使摩根先生年紀將近九十歲，但仍跟以前一樣很有行動力。他一聽說要將河岸用水泥固定的計劃，馬上為了守護心愛的森林及河川勇敢站出來阻止。

佑介抱著筆記本及信紙回到自己的房間。他的房間牆上貼著偶像的海報、地上排滿了運動用品，就跟一般年輕人的房間沒兩樣。不過在當中特別引人注目的，是牆上貼著的一張大照片。那是佑介還是小學生時的照片，裡面有兒時玩伴政男、衣索比亞姐弟伊娃與愛爾密爾斯，還有摩根先生，大家笑容滿面在雪地中相互搭著肩膀。

佑介看著照片心想，好懷念那些日子啊！雖然他在威爾斯的學生生活很快樂，進劍橋以後每天也都過得很充實，當然其中一個很大的理由應該是因為伊娃也讀同一所大學吧。他邀伊娃約會也成功了好幾次。但即使如此，佑介仍舊想念日本。特別是最近，他非常掛念摩根先生。摩根先生的上一封信到現在已經過了兩個月了，摩根先生從來沒有這樣晚回信過，究竟是發生了什麼事？

佑介再度回到廚房佈置餐桌。母親拔起白酒的酒栓，也替佑介倒了一杯酒。就在這時，屋外傳來車子開進小石子路的聲音。

「你父親真挑對時間回來呢。」母親從餐櫥中又拿一個酒杯出來。

這時，父親表情凝重地進廚房來。他只喝一小口遞到他手中的白酒，馬上就把酒杯放到桌子上。

「發生什麼事了？」佑介問道。

「是有關摩根先生的消息。他三個禮拜前感染流行性感冒住院了。我沒告訴你，是因為摩根先生說沒什麼要緊的，要我別跟你說……。」

「然後呢，他現在情況怎樣？」

父親垂首搖頭。

「剛才有連絡來，說摩根先生過世了。」

佑介聽了驚訝到手中的玻璃杯差點掉落，他用力地把杯子壓到桌子上，大喊道：

「為什麼你不早點告訴我。摩根先生是我的好朋友，是我最重要的朋友，為什麼！」

他的淚水滿溢無法遏抑。母親輕輕地抱住整個人縮在椅子上的佑介的肩膀。

「摩根先生平時是那樣的健朗，論誰都會想說他很快就會好起來，包括他自己也是這樣想的……。」

「聽說他過世時就像睡著了一樣。」

聽到父親這句話，佑介搖搖頭。

「像睡著了一樣？不，我一直相信，摩根先生如果過世，一定是因為向風車還

是什麼挑戰而戰死的。他可是威爾斯的唐吉訶德啊。爸你們不是也有看到報紙上登的摩根先生的英姿嗎？」

「是啊，實際上，摩根先生也贏得了最後一戰的勝利不是嗎。」母親喃喃地說道。

「佑介，我很了解你現在的心情，但這不是誰有辦法改變的。聽你爺爺說，摩根先生自己似乎也預感到自己的死期將近，替自己在森林中準備好了墳墓，當然是在他過世的妻子旁邊。我已經替你訂了下星期六回日本的機票，你去看看他吧。」

佑介覺得胸口沈重的喘不過氣來，他的雙肩顫抖著，不論他如何拚命的忍耐，淚水就是不停地湧出。

「我好想見摩根先生一面。」

「是啊。」

佑介用父親遞給他的手帕擦拭了臉頰。

「媽，我想哪一天把摩根先生的事蹟寫成書，妳可不可以幫我？他這一生都是驚濤駭浪，有很多事他就只有對我講。」

「好，我很樂意。」母親的眼裡也同樣泛著淚光。

一個星期後到達成田機場的佑介，馬上在東京車站轉搭前往長野的新幹線。過了這麼幾天，他的情緒終於平穩下來。其實他心裡也很清楚，終有一天會和摩根先生永別的。

但即使在這個世上再也見不到摩根先生，佑介的心中將永遠珍藏和摩根先生之間的回憶。佑介在心裡喃喃道：我一生都不會忘記你。

走在森林小徑的佑介後面跟著一隻大狗。他身旁的小溪氣勢勇猛地流過排列得很整齊的岩石。水流流過摩根先生家門前，順著往下流到路面下的排水溝，再與上次發生工程騷動的那條小河合流。

當雪融後的雪水流進小溪時，水流會比平常增強。而裡面的岩石因為不斷被水沖刷，所以每一顆岩石表面都光溜溜的，而沒有被水流沖刷到的地方則長了綠色的青苔。這幅景觀看起來非常自然，好像從以前到現在一直都是這個模樣，但其實這全是人造的。

隨處配置的小瀑布和池塘形成一幅優美的景觀，甚至有許多人特地從全國各地前來參觀。初夏時節這裡四周到處都是螢火蟲。佑介現在彷彿聽到小河的笑聲似的，他稍微停下腳步，聆聽水流的樂音。這時，後面的狗兒舔舔佑介的手，汪地叫了一聲。

「小秋也很想念摩根先生吧。」

走在佑介後面的政男說道。佑介想起他第一次和摩根先生見面的那一天，那已經是好幾年前的事了。那天自己飽受驚嚇，不管是雷聲閃電，還是摩根先生的狗兒們都讓他覺得非常可怕。不僅如此，甚至摩根先生也令他害怕。佑介摩挲狗兒的脖子，再度提起腳步走向森林深處的空地。

那裡有兩個小小的石碑立著——是摩根先生及他妻子的墳墓。四周開滿了野花，所以並不需要特別在墓前供奉鮮花，但佑介還是準備了一樣特別的東西來。佑介及政男在墓前雙手合十，輕輕地閉上眼低下了頭。小秋在一旁坐下輪流看著兩人，發出聽起來很悲傷的嗚叫，彷彿知道是來祭拜去世的主人。

佑介從口袋裡拿出一個小小的瓶子，打開瓶蓋，把裡面琥珀色的液體灑在刻著摩根先生和他妻子名字的岩石上。

「摩根先生，現在威爾斯也出產很棒的威士忌喔。我想這個味道你一定也會喜歡。」

佑介對著瓶口喝了一口酒後，把瓶子遞給政男。「剩下的你把它喝掉吧。」

政男把威士忌一口氣喝下去，不小心嗆到了。

「哇，這酒好嗆！」政男邊說邊把瓶子遞還給佑介。「你該不會平常都喝這麼烈的酒吧？」

「怎麼可能，偶爾才喝罷了。拿威士忌來是因為摩根先生以前很愛喝啊。英國的學生平常都喝啤酒呢。在英國，十八歲以上就可以進出酒吧，特別是踢橄欖球的那群人，最喜歡和夥伴們一起喝酒一起唱歌。」

「那邊的啤酒是什麼樣的味道啊？」

「總之種類很豐富，就從裡面選自己喜歡的喝囉。」

政男咧嘴一笑道：「論起酒來，你現在可是早我兩年的前輩呢。你其他還做了什麼壞事啊？」

「亂講，我可是認真向學、品格端正的好學生耶。」

一旁的小溪發出咕嚕咕嚕的水聲，聽起來就像在取笑皺起眉頭的佑介。狗兒在墓碑旁不停嗅著威士忌的味道。這時，政男的表情變得嚴肅了起來。

「我老爸說，就是這個防砂工程害得摩根先生減短了壽命。你還記得吧，那時縣長命令暫停工程，但市公所的傢伙根本無視於這道命令。縣長手邊又還有水壩還是什麼的一堆工作要做，結果，就管不到這裡來了……。」

佑介點了點頭。政男繼續說道：「工程又再度開始的那時候，如果你人在摩根先生身邊就好了。那群傢伙為了要讓大車可以開進去，砍倒了好多樹。接著還來了測量工程師，在要用水泥封住的地方做記號。摩根先生氣得不得了，好像發瘋似

地亂揮拐杖、大吼大叫。他四處奔走纏著大家連署希望工程中止的請願書，也打電話給電視台和報社，甚至跑到市公所追著市長和公所人員到處跑，還去縣長那裡抗議。最後那家承包工程的建設公司終於受不了，說只要那個老外繼續吵鬧，他們就沒辦法工作下去。」

「這件事摩根先生在信裡跟我說了，結果是你爸的公司接手工程的不是嗎？」

「是啊。那是我第一次知道『近自然工法』的存在。」

「近自然工法」就如字面的意思一樣，是盡可能接近自然的防砂工程。之前的那個工程，是計劃要把小河改成筆直的U字形溝，用水泥做攔砂壩，但是那種做法會導致水生生物喪失棲息地。不只如此，蓋了U字形溝的話，岸邊的小動物也很有可能會不慎掉落溝中。而「近自然工法」盡可能不使用水泥，就算使用也只用在外觀看不到的部份。而且「近自然工法」的構造是放置天然的石頭防止土壤被水流侵蝕，在水流較大、較強的地方設置瀑布或池塘以減緩水勢，如此一來可以防範河川氾濫。

「威爾斯就有跟這個一模一樣的瀑布，而且是三百多年前摩根先生的祖先建造的呢，你知道嗎？和摩根先生一起去威爾斯的時候他帶我去看的。他們在瀑布的四周種下橡樹和山毛櫸，我去的時候，每一棵樹都長成須抬頭仰望的大樹。現在想想，就是從那時候開始，我才真正開始了解到摩根先生的訴求。」

政男表情悲傷地點了一下頭。

「摩根先生比任何日本人都愛日本的自然。當然我爺爺也很氣他做得太過火，誰教他什麼事情一說出口就硬是不退讓。」

「不過，最後還是摩根先生的死纏爛打得勝了不是嗎？」

佑介說這句話時，小秋正好抬起一隻腳來撒尿到墓地上。佑介和政男兩人對看了一眼後，捧著肚子大笑。

「你不能怪牠喔。」政男說。「誰教你先把威士忌灑到墓地上，而且顏色也很像啊！」

兩人笑著轉過身去，向小秋吹口哨示意，沿著來時的路踏上歸程。

深深受到摩根先生影響的佑介，加入了學校的西洋劍社，之後也在鎮上的道場努力練習劍道及合氣道。他高中的最後一年，甚至在還沒考大學入學考的情況下，就有人要挖角他去學校最有名的橄欖球隊。

由於英國學校的暑假很長，所以佑介每年都會飛回日本在爺爺家過暑假。到去年暑假為止，佑介都得以和摩根先生一起度過快樂的時光。

佑介還小的時候摩根先生就把他當一個成人般平等的對待。他不論何時，都把

佑介視為一位重要的朋友。

即使兩人不論在年齡、人種、出生的國家都是那麼不一樣，但這對他們來說並不構成任何障礙。而且當佑介發揮令人意想不到的幽默感時，也讓摩根先生非常開心。像佑介一將自己在威爾斯的冒險經歷故意講得滑稽可笑，摩根先生聽了便笑得肚子痛到絕倒，即使因為笑過頭而幾乎喘不過氣來，他還是一邊流著眼淚一邊不停地笑。

一個曾經是瘦弱、神經質而且非常討厭上學的少年，現在已經長成一個個子高大又可靠的青年。現在的佑介，抬頭挺胸充滿自信。

政男高中畢業以後，就在他父親的建設公司上班。他很喜歡在戶外工作，特別是操縱挖土機和起重機。不過這並不代表他沒有在學習。政男曾去高知縣花了好幾個月學習「近自然工法」的概念，及使用天然石頭的古法。他一聽說加拿大成功地讓河川起死回生、鮭魚又重回原來的河川產卵的事情，還特地去到當地，花兩個月仔細觀摩。

現在的政男臉曬得黝黑，看上去相當有威嚴，體格也鍛鍊得像重量級拳擊手般結實。他不管接到怎樣粗重勞累的工作，也絕對不叫苦。雖然或許因為他眼神銳利，給人很可怕的感覺，但當他大笑的時候，那個姿態卻宛若率真的少年。

「我不是在信裡告訴你在高知的事情嗎，我在那裡學到很多。你和摩根先生的訴求，我到那時才真正了解。你有去過高知縣嗎？」

「沒有。是不是在九州？」佑介心不在焉地回答。他又沈浸在對摩根先生的回憶之中。

「笨蛋，高知縣在四國啦。你應該要多花一些時間待在日本，自己國家的事情都忘記怎麼得了。你什麼時候才要回日本定下來啊？」

「我還不知道。」佑介聳聳肩膀。「也要看大學畢業之後在哪裡工作。」

「你可以到我們公司來，我來教你怎麼操縱挖土機和切割器，那些技術真的很有用喔。」

「那我放暑假的時候可不可去你那裡打工？」

「這個嘛，好吧。看你現在身體也鍛鍊得挺結實的，不過就不知道腦袋如何了。」

佑介笑著撞了一下政男的肩膀。

「被你這麼說我也沒辦法。現在比起日本的事英國我是熟多了，而且在日本的時候我又那麼討厭上學。」

「那你喜歡英國的學校嗎？」

「還好啦。不過我還是很想念日本，連你這張大猩猩臉都變得懷念起來了呢！」

兩人一路上縱聲大笑走往回家的路上。

那天晚上佑介在摩根先生家留宿，包括現在已經長得很大隻的狗兒小秋。捷克羅素小獵犬的母狗波西一直活到十七歲，比摩根先生早一步接到天國的召喚。天氣雖然還不很冷，但佑介卻在暖爐升起小小的火來。因為光是凝視著燒得赤紅的煤炭及搖擺的火燄，就讓佑介覺得懷念的往事會再度重現。

晚飯時佑介去爺爺家吃日式火鍋。政男和佑介的堂姐里香也一起來。和當地的男性結婚的里香，為了讓爺爺看他們剛出生的小寶寶，夫妻倆一道過來。因為里香他們要睡佑介以前用過的房間，所以佑介決定今晚睡在摩根先生家。

自摩根先生過世之後，不管是小林家還是杉田家都願意領養小秋，但小秋總是悲傷地哀嚎，一找到機會就逃出來回去摩根先生家，大家都很擔心，不知該怎麼辦好。夏天有佑介可以照顧牠，但佑介回去英國的時候該怎麼辦？政男的爺爺他們說，乾脆讓小秋安樂死，也是為了牠著想，但不管是政男還是佑介都不願意這麼做。

佑介喝了一口紅茶，一邊摩挲著小秋一邊歎氣。「你說該怎麼辦呢？」

剩下唯一的希望就是摩根先生的朋友，一位年輕的外國人廣告文案撰稿員。由於他都是使用電腦工作，所以幾乎很少不在家。他的妻子是一位北海道出身的女性，聽說很喜歡鄉村生活、也習慣下雪的地方。這對夫妻願意接下摩根先生的家及小秋。對他們來說，這也是一個很好的機會，因為他們只需負擔水電瓦斯費和一點維修房子的費用。佑介沒打算要向他們收房租，兩人也說當佑介回日本的時候，不論何時都可以過來住。

現在佑介是這個家的主人。摩根先生的遺言裡說：這個家及土地留給佑介。

這個家的傢俱及許多的擺飾和書房裡的書都原封不動。摩根先生會把房子留給佑介，是考慮到在加拿大的兒子不可能住長野，房子留給兒子的話，結果也是交到他人手裡吧。摩根先生留給兒子的，是他自己畫的畫作、貴重的硬幣及郵票收藏品、舊日記和他當海軍時得到的勳章，還有奧運獎牌。

佑介環視這個房間的四周。木雕的鳥立在一旁，大型舊餐櫥內排列著白底藍色顏料繪出楊柳圖案的盤子，並且懸掛著一排錫合金雕工喝啤酒用的馬克杯。牆壁上掛著古老的版畫，可以俯瞰森林的窗邊擺著因努伊特（加拿大對愛斯基摩人的稱呼）的雕刻，另一個架子上擺著潛水艇及驅逐艦的模型。每一樣都是長久以來在這個家和摩根先生一起度過的東西。

廚房也是維持原樣。一座黑色大型燒木材的暖爐、從架子上垂吊著亮晶晶的銅鍋，還有放在暖爐上的黑漆漆的鐵鍋。架子並列著裝有乾燥香草的玻璃廣口瓶。

啊，這裡一點也沒變，唯一不同的，只有總是以和煦的笑容迎接自己的摩根先生已經不在了。以前光聽到他的笑聲就覺得心安。

佑介從上衣胸前的口袋中拿出摩根先生寫給他的信。他已經重複讀了不知道幾次。信裡寫著——

親愛的佑介：

自從你去了英國後，我實在覺得很寂寞。我很懷念我們一起在這個家快樂度過的日子。因此，我決定要給你一個驚喜，關於詳細情形，我想律師會好好對你說明吧。我也曾經興起好幾次要去看你的念頭，但是我已經老到沒辦法往返日本與英國了。而且如果我不在，狗兒沒人照顧，我過世的妻子也會覺得一個人很孤單吧。我這麼說不知道會不會被笑，但我是舊時代的人，相信即使人死了靈魂依然存在，這麼想，心情也會平靜安詳多了。

這個家就交給你了。不管你是要改裝潢或是重建，都任憑你處置。但是我希望你好好珍惜這塊土地。我曾告訴你我是克爾特民族的事，現在的你應該可以了解我說那話的意思吧。這個身體內流著熱愛自然的血液，是熱愛土地、還有森林及河川的血啊！所以佑介我拜託你，不要允許破壞自然的事情再發生了，都是那些滿腦子只想賺錢的傢伙們，害得不知道已經有多少自然被破壞。

當你接到這封信時，不可以悲傷難過喔。我因為上了年紀身體已經不聽使喚，我一動關節就發出哀嚎。講到這個心臟，也完全生鏽，彷佛發條上太緊的老時鐘。但是我已經活得夠久了。這生很美好，特別是認識你以後。佑介，不管什麼時候都不要低下頭來，朝你相信的道路前進，這樣你就不會迷失方向。

你的摯友　約翰・摩根

佑介粗魯地擦掉汨汨湧出的淚水。不可以哭，哭的話可是會被摩根先生笑的。佑介還是小孩子的時候就曉得，不可能永遠都和摩根先生在一起，所以特別是最後的三年，他比什麼都珍惜兩人一起度過的時時刻刻。透過與摩根先生的相處，讓佑介學到什麼是「老」。

他會開始懂得為爺爺奶奶設想，也多虧和摩根先生的相處，到現在他可以不害羞地溫柔待人，即使對方是一個頑固的老人。

政男的爺爺曾將摩根先生視為仇人，但佑介知道他們兩人之間締結了堅固的友情。聽說摩根先生的葬禮上，政男的爺爺引以為傲地講到約翰．摩根這個人是多麼地愛日本、愛這個國家的自然。

佑介鄭重地將信折好收回口袋。一陣疾風將雨點打在玻璃窗上。佑介突然間想喝熱紅茶，走到廚房。他溫熱了茶壺之後，把適量的茶葉放入。茶葉的量是一人一茶匙，又因為是用茶壺泡所以再加一茶匙。茶杯中先放冰牛奶，再注入熱紅茶。紅茶不加白糖、淋上蜂蜜……。

這時，佑介留意到自己泡茶的方式與摩根先生一模一樣。摩根先生生前總是像在進行神聖的儀式那般，鄭重其事地準備。

安靜的廚房中響起佑介的笑聲。他心裡想著：啊，摩根先生也出現在這裡哪。以後他一定也會在自己意想不到的地方露臉。約翰．摩根就存活在我的心中，對，直到永遠。

國家圖書館出版品預行編目（CIP）資料

森林裡的特別教室 / C.W.尼可(C.W. Nicol)著 ；
許晴舒譯. -- 再版. -- 臺北市 ： 信實文化行銷,
2012.08
面 ； 公分. -- (環保文學；4)
ISBN 978-986-6620-61-4（平裝）

873.57　　101014044

環保文學 *The Literature of Environmental Protection* 004

森林裡的特別教室

作　　者：C. W. 尼可（C. W. Nicol）
譯　　者：許晴舒
插　　畫：郭雅玲
總 編 輯：許汝紘
副總編輯：楊文玄
美術編輯：楊詠棠
行銷經理：吳京霖
發　　行：楊伯江、許麗雪
出　　版：信實文化行銷有限公司
地　　址：台北市大安區忠孝東路四段 341 號 11 樓之三
電　　話：（02）2740-3939
傳　　真：（02）2777-1413
www.wretch.cc/ blog/ cultuspeak
http://www. cultuspeak.com.tw
E-Mail：cultuspeak@cultuspeak.com.tw
劃撥帳號：50040687 信實文化行銷有限公司

印　　刷：彩之坊科技股份有限公司
地　　址：新北市中和區中山路二段 323 號
電　　話：（02）2243-3233

總 經 銷：聯合發行股份有限公司
地　　址：新北市新店區寶橋路 235 巷 6 弄 6 號 2 樓
電　　話：（02）2917-8022

2012 年 8 月 再版
定價：新台幣 360 元

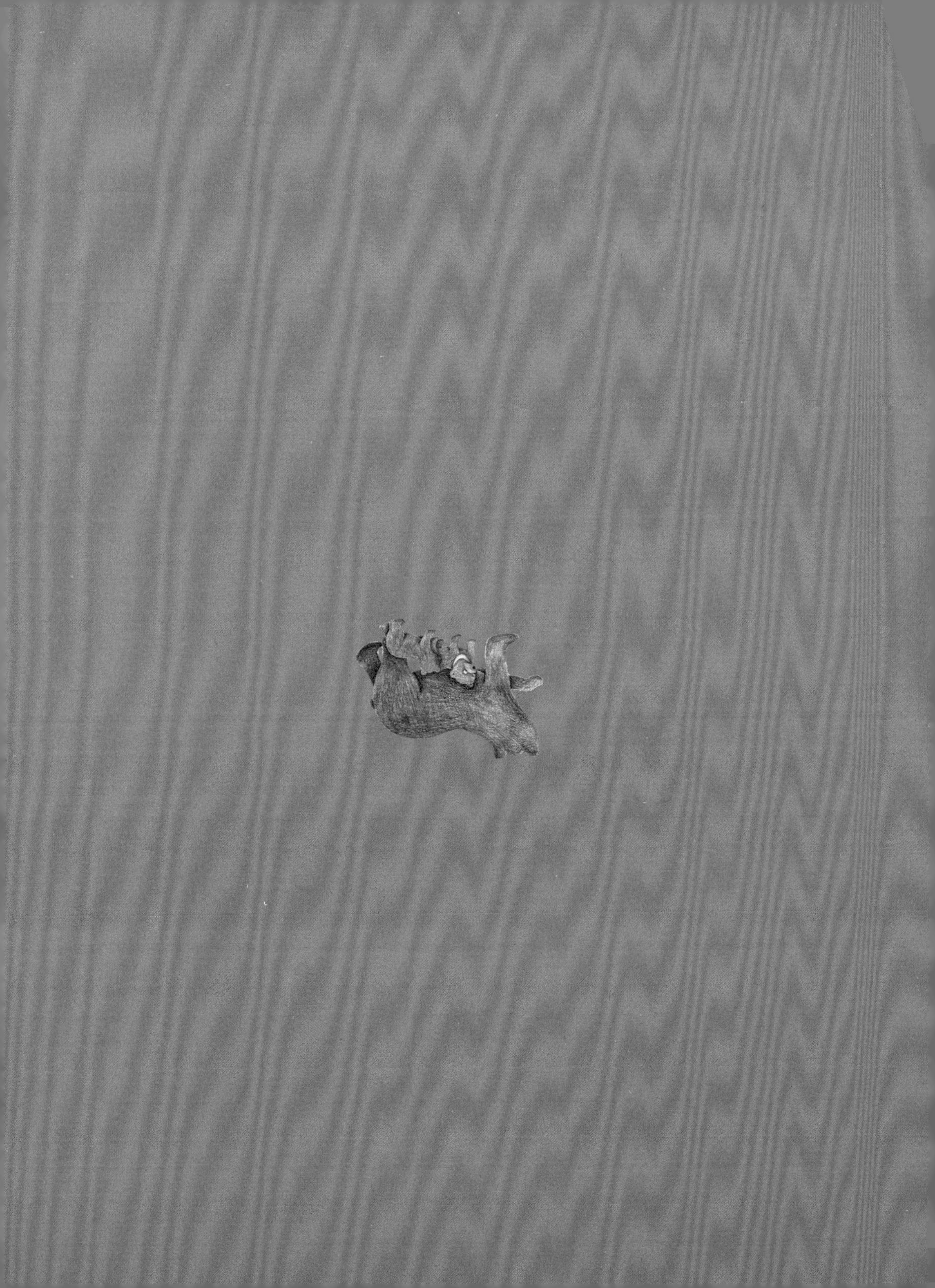